徳間文庫

首取物語

西條奈加

徳間書店

目次

第1話

独楽（こま）の国

「このガキ、待てえ！　待たねえか！」

　血相を変えて、男が追ってくる。奪った握り飯を口いっぱいに頬張って、首を傾げた。

　やっぱり同じだ。さっきと同じ顚末だ。

　あの男は、何も気づいていないのか。それともやはり、悪夢のたぐいか。

　道は曲がりくねった一本道、両側は高い崖に塞がれて逃げ場がない。

　まるで天空から斧をふり下ろしたごとく、岩の壁は垂直に切り立っており、岩肌は苔むしていた。首の裏が痛くなるほど上を見上げれば、はるか頭上には崖の天辺と、申し訳程度の空が見える。崖上は日当たりが良いためだろう、木々が生い茂り、互いに手をとり合うように枝を伸ばし、一本道の頭上を覆っていた。

　おかげで崖下には日の光が届かず、枝の隙間から見える空は青いのに、辺りは湿っぽく昼間とは思えぬほどに薄暗い。

　同じ景色がどこまでも続き、しかも奇妙なことにこの道は、どこにも辿り着かない。

　山道だけに坂が多く、うねうねと曲がりながら、上ったり下ったりと起伏もそれなりに多い。なのに、行けども行けども山頂にも山裾にも行き着かず、またもとの場所に戻ってしまう。

景色は変わらないのに、何故もとの場所だとわかるかというと、毎度、同じ男に会うからだ。旅人の装束ではないから、この辺りの百姓か杣人だろう。

粗末な身なりだが、鮮やかな松葉色の頭巾を被っている。道の左手に崖を背にして座り、竹皮の包みを開く。大人の拳骨ほどの、大きな握り飯がふたつ載っていた。

握り飯を目にしたとたん、腹がぐうと鳴った。堪えきれぬほどの、空きっ腹に襲われた。

男はこちらに気づかぬまま、飯を載せた竹皮を、両手で大事そうに額の上に掲げた。神にでも祈るように、目を閉じる。

いまだ！

何を考えるより早く、足が勝手に動いた。男の前を走り過ぎざま、握り飯のひとつを頂戴する。

「なにするだ！　おらの飯を返せ！」

男が叫び、足音が追ってくる。構うことなく、走りながら飯にかぶりついた。粟の混じった粟飯だが、塩加減がちょうどよく、これまで食べたどんな握り飯よりも旨かった。

喉につかえることもなく、またたく間に腹に収まり満足する。

面倒なのは、その後だった。さっきの男が、しつこく追いかけてくる。

「このガキ、待てえ！　待たねえか！」

「待てと言われて、待つ奴なぞいねえよ」

ちらりと後ろをふり向いて、舌を出した。腕をふり上げながら男が追ってくるが、さして速くもない。この調子なら逃げ切れる。

思っていた以上に、男はしつこく追ってきたが、やがて諦めたのか声は届かなくなった。

それでも念を入れてしばし駆け続け、ここまで来れば大丈夫だろうと足を止めた。背中の側を窺ったが、男の姿は見えず、足音もきこえない。

「ちょろいもんだ」

すっかり安心して、鼻歌を歌いながらのんびりと道を行った。

景色は変わらぬものの、やがて道の左手に、人影が見えた。

崖を背にして座る男。粗末な身なり、松葉色の頭巾。

その横顔を、食い入るように見詰める。顔までは覚えていなかったが、男の動きすら、さっきと寸分違わない。竹皮の包みを開き、その上には大きな握り飯。

何もかもが、同じだった。そして奇妙なことに、それまで落ち着いていた腹が、ふたたびぐうと鳴った。いますぐあの握り飯を食わせろと、腹はしきりに催促する。

男が竹皮を捧げもののように掲げ、目を閉じる。とたんに足が走り出し、左手は握り飯を摑みとる。男が声を荒げ、足音が追ってくるが、しばらくやり過ごすとやがて気配は消える――。

「二度あることは三度あるというが……」

このときはまだ、半信半疑だった。だが道の先には、最前と変わらぬ男の姿があった。

「待てえ！　待たねえか！」

これではちょうど、輪っかの上にいるようなものだ。

時はくり返し、道はどこにも行き着かず、また同じところに戻ってしまう。

五度目までは覚えているが、その先は数えることすらやめた。男に会い、握り飯を奪い、追いかけられる。ただ、そのくり返しだ。さすがに飽いてきた。

どうすればこの輪転から抜け出せるのか――。

思いつく限りのことは、すでに試していた。

事の始まりは、男の握り飯を奪ったことだ。そう考えて、せっつく腹の虫をなだめて、男の前をそのまま行き過ぎた。しかし相手は、素通りさせてくれなかった。

「おめえ、どこのガキだ？　ここに何しに来た？　すぐにここから出て行け！」

台詞こそ違うものの、男に追いかけられる顛末は変わらなかった。

向きを変えてみたこともある。男の声がしなくなったところで踵を返し、道を戻ってみた。道の左手に座っていた男は、今度は右手にいた。左右は違っても、男はやはり同じ場所にいて、こちらを見るなり追ってくる。

万策尽きて、天に向かってそそり立つ岩の壁を見上げた。

残る手は崖を登って上に出るしかなさそうだが、苔むした岩肌には手足を引っかける僅かな窪みすらない。

「この先ずっと、こっから出られねえのかな……」

はるか頭上を覆う、梢をながめながら呟いた。枝の隙間から覗く空は、青いまんまだ。

相応の時が経ったはずなのに、日は没することもなく、どれほど走り続けても息も切れず疲れることもない。男の握り飯を目にするまでは、空腹も感じなかった。

少なくとも食うには困らないが、ここはあまりにも静かだ。

頭上に緑はあっても、鳥のさえずりも獣の気配も、虫の声すらしない。

「おふう……」

その言葉が、口からこぼれ出た。呟いたとたん、温かいものが胸の中を行き過ぎる。

「おふう、おふう、おふう、おふう」

何度もくり返すと、誰かの名のようにも思えてくる。ただ、誰の名なのか思い出せない。

「おふうって、誰だ？　おふうは、おれの何だ？」

そして、肝心なことに気がついた。

「あれ？　おれって……」

思わず自分のからだを見下ろして、啞然とした。

膝丈の着物を荒縄で腰に縛りつけ、袖すらない。着物というより、襤褸を纏っているに等しく、頭巾の男より、ずっと粗末な出立ちだった。

「おれは……おれだよな？」

頭に手をやると、藁のように乾いたぼさぼさの髪が覆っている。履物はなく裸足のままで、日焼けなのか垢なのか、細い手足は真っ黒だった。

「でも、おれって……誰だ？」

名はおろか、歳も在も来し方もわからない。その空白が、たまらなく怖くなった。怖いものから逃れたい一心で、自ずと足が走り出す。

「おふうって誰だ？　おいらは誰だ？」

叫びながら、ひたすら駆けた。あの男に問うても、無駄なのはわかっている。それでも足は止まらなかった。これまででいちばんの速足で、道を駆け抜ける。

と、いきなり何かにつまずいた。わっ、と声をあげ、前につんのめる。顔を下にして、派手にころんだ。

「いってえ……いったい何に、蹴つまずいたんだ？　でかい石ころなぞ、なかったはずだぞ」

飽きるほど通った道を、ふり返った。思わず、え、と目を見張る。

道の真ん中に、人の頭ほどもある黒い石が鎮座していた。

「何だ、あれ？　どっから落ちてきた？　崖上からか？」

周囲の壁を見上げたが、どこにも崩れはなく、落石の気配もない。

道を戻り、近づいた。遠目では石に見えたが、どうも違う。

黒い部分が、人の髪の毛だとわかったときは、さすがに背筋がうぞりとした。

「うげえ、こいつは、生首じゃねえか」

首そのものは、見慣れている。あっちこっちで武士団が小競り合いを起こし、死骸が野ざらしになっているからだ。首だけの骸も首のない骸も、めずらしいものではない。

こちら側からは顔は見えない。頭は総髪、頂きで髪を結び、髷に整えてある。おそらくは武士と思えたが、つい舌打ちがもれた。

「ちぇ、ついてねえな、首だけかよ。胴の方なら、剝ぎ取ることもできたものを」

死骸が身につけた甲冑や着物のたぐいは、売れば結構な儲けになる。しかし首では、畑の肥やしがせいぜいだ。

「面白くもねえ、あっちに行ってろ！」

左耳を下にして転がっていた頭の後ろを、思いきり蹴り上げた。

ぎゃっ、と大きな叫び声があがった。思わずびくりと身がすくむ。

「こらあっ！　人の頭を蹴るとは、何事か！　無礼にもほどがあろう！」

道の端に蹴りとばされた生首は、横になったまま向きを変えていた。濃い眉の下の両目がこちらを睨み、髭に囲まれた口が動いている。

「うわわわ！　生首がしゃべった！」

死骸には慣れていても、ものを言う首なぞ初めてだ。生首の化け物か、あるいは死んでなお、この世に未練を残し彷徨っているたぐいか。大人なら腰を抜かすか逃げ出すか、南無阿弥陀仏を唱えたろうが、驚きの後には、怯えよりも興味が勝った。

なにせこの生首、よくしゃべる。

「おい、そこな小童！　わしの頭を蹴ったのはおまえか！　武士にかような無礼を働いて、ただで済むと思うな。尻叩きくらいでは済まさぬぞ」

首だけのくせに、一人前の口を利く。おまけにこの男は、哀れな自分の姿にも、気づいていないようだ。

「うん？　おかしいな……からだが動かぬぞ。えい、えい……駄目だ、びくともせん」

日頃は威張りくさっている武士が、まさに手も足も出ない。だんだんと楽しくなってきた。すたすたと首の前へ行き、しゃがみ込む。

「おっさん、起き上がれないのか？　手を貸してやろうか」

「おお、そうか、頼む。何やら手足が動かなくてな。というか、首から下がなきもののように、何も感じぬのだ」

「そりゃそうだ」

首の後ろに手を伸ばし、茶筅ほどしかない髪の尻尾をむんずと掴んだ。うおっ、と髭面から声があがる。

「こら、髷を摑むな！　痛いではないか」

「へええ、首だけのくせに、一丁前に痛がるのか」

自分の顔の前に、ぶらりと首を掲げた。改めて、間近で男の顔をながめる。

角張った顔は浅黒く、濃い眉の下の目は丸く大きい。鼻は低いが形は悪くなく、大きな口のまわりをぐるりと髭が覆っていた。歳の頃はまったくわからない。三十前にも四十にも見え、だいたい大人の歳なぞ、子供にとってはふたつしか存在しない。

おっさんかじいさんだ。じいさんには早いから、おっさんでよかろう。

それまで武張っていたおっさんの顔が、怪訝そうにしかめられた。

「小僧、いま、首だけと言ったか？」

「ああ、言ったよ」

「どういうことだ？」

「どうもこうも、見たまんまを言っただけだ。こうしたら、わかるか？」

腕を乱暴に左右にふる。風に揺れる大きな木の実のように、ぶらぶらと首が揺れる。

「よせ、よさんか、気持ちが悪くなる」

「なんだ、まだわからないか？　いまのあんたは、首より下は何にもねえんだよ！」

髭の生えた顎に手をかけて、両手で思いきり空に向かって放り投げた。

崖の半ばまで達した首は、くるくると回りながら落ちてくる。叫びとも呻きともつかぬ声が、辺りにこだました。そのまま地面に叩きつけてやろうかとも思ったが、ほどよく懐へと落ちてきた。思わず受けとめると、手が何かで粘ついた。

「うわ、汚ねえ！　汁がついちまった」

悪態をついたが、何も返らない。どうやらぶん回されて、気を失ったようだ。半開きの白目を剝いて、涙やら涎やら鼻水やらが髭面にまとわりついていた。

「ふん、他愛もねえ。ここに捨てていくか」

玩具にすぐ飽きるのも、子供の常だ。首を道に放って、また歩き出した。しかししばらく行くと、足が止まる。

「待てよ……十遍か二十遍かわからねえが、あの首は、初めてだ」

輪のような道で、同じ男から握り飯を奪い、追いかけられる。

果てしなく同じ始末をくり返してきた中で、初めて起きた変異だった。もしかすると、あの首こそが、このおかしな世界から抜け出す鍵ではないのか。

「やべえ、だとしたら、置いてくわけにはいかねえじゃねえか」

急いでいま来た道を戻った。なくなっていたらどうしようと焦ったが、幸い首は同じ場所に転がっていた。

「坊主、戻ってきたのか」

今度は右耳を下にして横向きになった顔を覗き込む。涙や涎の跡がついていて、心なしか髭すらしょんぼりと垂れ下がって見える。

「どうした、おっさん、すっかり大人しくなっちまって。さっきの勢いはどうした？」

少し可哀そうにもなって、両手で首をもち上げて、首の根元を地面に据えて起こしてやった。その前に胡坐をかく。上目遣いで、丸い目がこちらを仰ぐ。

「わしは本当に、首だけの姿になったのか？　からだはどこにもないのか？」

「うん、ねえ」

かっきりと首を縦にふると、地の底にまで届きそうな重いため息が返った。

「何の因果で、かような情けない姿に……」

「まあ、そうしょげるなって。考えようによっちゃ儲けものだろ。首を斬り落とされても、こうして生きてるなんて」

「わしは武士ぞ！　このような浅ましき姿に落ちてまで、生き長らえるつもりなぞ……いや、待て。いま、首を斬り落とされてと申したな。首の下は、どうなっておる？」

　確かめてくれと促され、嫌々ながら首をもち上げて、下から覗き込んだ。

「うわ、気持ち悪いな。斬られて一日経った、生首そのものだ」

　首の切り口は、固まった赤黒い血で塞がれていたが、やはり刃物ですっぱりと斬られたごとく、切り口は真っ直ぐだ。おかげで地面に置くと、ちゃんと自立する。

「戦場で敵に殺られたか、あるいは何かの刑で首を斬られたか……」

「覚えてねえのか？」

「あいにくと、まったくな。己が武士たることだけは覚えておるのだが、名も出自もわからぬ。首と化し、この世に舞い戻る前のことは、ひとつも思い出せぬのだ」

「なあんだ、おれと同じじゃねえか」

「小僧も、何も覚えておらなんだと？」

「ああ、ここがどこなのかすらわからねえ。この世かどうかも怪しいほどでな」

　膝先に置いた首に向かって、これまでの顛末を語った。

「なるほど、輪のように事が巡るか……何とも面妖な」

ふうむと髭面が考え込む。山賊に毛の生えたような、暴れるしか能のない野武士も少なくないのだが、こうして向き合ってみると、首の男は案外、思慮深そうに見えなくもない。

「思えばこの切通しも、妙に思えるな」

どこまでも続く、真っ直ぐに切り立った風景に、首が呟く。岩肌をじっくりと見たいと言うから、壁の近くに置いてやった。

「見たところ、鑿で削った跡のようだが、人の手でこうまで滑らかに仕上がるとは信じられん。まるで土の層が重なるごとく、鑿の跡が穿たれておるわ」

人の手で山を削るには、鍬や鋤、鶴嘴なぞで土を掘り、鑿と鏨で石を割る。どんなに腕の良い石工が百人がかりで挑んでも、この延々と続く岩山を、鉈で薪を割ったごとく垂直に切り通すことなぞできはしない。

「ふうん、おっさんは、見かけによらず物知りなんだな」

「おまえは一言多いわ！　おっさん呼ばわりも気に入らんぞ」

「お互い名なしなんだから、仕方ねえじゃねえか」

「たしかに、名がないのは互いに不便だの……」

しばし考え込んでから、思いついたように声をあげた。

「わしのことは、オビトと呼べ。オビトは首、すなわち首のことだ」

なかなかに洒落た名であろうと、自画自賛する。

「おまえにも名をつけてやろう。そうだな……トサではどうか」

「トサ？」

「見たところおまえの歳は、十二、三といったところだ。十三だから、トサだ」

名付けようは安直に過ぎるが、響きは悪くない。まあ、いいか、と承知した。

「ともかく、おまえが何度も行き合ったという男に会わせてみよ。大人同士なら、話も通じるやもしれん」

「いや、化け物あつかいされて、逃げ出されるのが落ちだと思うがな」

憎まれ口を叩いたものの、ひとまず首を抱えて先を進むことにした。

最初は横にして抱えたが、首が文句を言うので立てて抱え直した。赤黒い切り口に手をかけるのは気味が悪かったが、血は水気を失って、意外と硬い手触りだ。丸い瓜を抱えるようにして、両手で首の下を支えながら歩いた。

「そもそも事の始まりは、おまえが握り飯を盗んだことであろうが。人の物を盗むのは、よくないぞ」

「首がえらそうに説教するな。またさっきみたいに、宙高く放り投げてやろうか？」

「あれはやめろ、吐きそうになる」

にわかに慌てながらも、説教はやめない。

「この奇妙な世は、トサ、おまえのためかもしれぬぞ。行いを恥じて改めよという、神仏の達しだ」

「恥なぞ知ったところで、腹はふくれねえ。食うためなら、何だってやるさ」

「そうではないぞ、トサ。おまえとて食おうとしていた握り飯を奪われれば、腹も立とうし悔しかろう。奪い奪われるばかりでは、人心は荒み世も乱れる」

「何をえらそうに。おれから大事なものを奪ったのは、てめえら武士じゃねえか！」

腹立ちまぎれに、拳固で思いきり頭を殴った。痛いと悲鳴をあげても、二度三度とお見舞いする。

「いい加減やめぬか！　トサ、おまえ、武士に何を奪われた？」

「……え？」

「おれから大事なものを奪ったと、いま申したであろう。大事なものとは何だ？」

自ずと足が止まった。たしかにいま、そう言った。しかし頭の中をいくら探っても、真っ白なままだ。

「おふう……かな？」

「それは何だ、人の名か？　おまえの母や姉か、妹か？」

「わからねえ……人かどうかもわからねえ。わからねえけど、おれがたったひとつ覚えてることだ」

「さようか。ならば、いずれ思い出すかもしれん。それまで大事にするがよい」

「……うん」

オビトはなかなかに重くて、両腕がだいぶしびれてきた。

それでも下ろすことをせず、トサはうんしょと抱え直した。


「あ、いた！　あの男だ」

やがて道の先に、同じ男の姿が見えた。粗末な身なり、鮮やかな松葉色の頭巾。道の左手に座り、竹皮包みを開く。とたんにトサの腹が、盛大に鳴った。

「すごい音だな、頭の底に響くわ。しかし気持ちはわかる。わしも握り飯を見たとたん、欲しゅうてたまらなくなった」

「入る腹がねえのにか？」

「腹はすかぬが、口の中が生唾（なまつば）でいっぱいになった」

「ちょうどふたつあるし、いただくか？」

「盗みはいかんと言うたであろうが。ひとまず傍に行ってくれ。わしが話してみよう」

「生首と話をしたい奴は、いねえと思うがな」

オビトを抱えて、トサは男に近づいた。やはり男は竹皮を額の上に掲げて、目を閉じる。オビトの言い草ではないが、大きな握り飯を間近にすると、口から涎があふれそうになる。

トサに抱えられた姿で、オビトは大真面目に男に声をかけた。

「ああ、そこな者、ちとものをたずねたいのだが」

男が目を開けて、こちらを見た。

「故あってかような姿だが、決して怪しい者ではない」

髭面の首がしゃべるさまは、怪しい以外の何物でもない。しかし奇妙なことに、相手は驚くことも腰を抜かすこともせず、胡乱な目つきでこちらを見ている。これまで向けられていた眼差しと、まったく変わらぬことにトサは気づいた。

「道に迷うてしもうてな、ここはどこの国の何という土地であろうか？　近くに村でもあれば助かるのだが、案内してはもらえぬか？」

姿は異形（いぎょう）なれど、物言いはそつがない。それでもやはり、芳（かんば）しい応（こた）えは返らなかった。

「おめえら、どこのもんだ？　ここに何しに来た？　すぐにここから出て行け！」

男が腕をふり上げて追ってくる。またもや堂々巡りだ。

「待て、落ち着け、わしは話をしたいだけで……」

「言っても無駄だ。とにかく逃げるぞ」

男に背を向けて走り出すのも、ほぼ習い性になっている。オビトを抱えたまま、すたこら逃げ出した。

「待てえ！　待たねえか！」

顚末も台詞も、これまでと何も変わらない。トサもまた、すっかり慣れた道をすたこら逃げた。

「うえぇ、疲れたあ。今度こそ追いつかれそうで、ひやひやしたぜ」

オビトを地面に下ろし、トサは道の真ん中で大の字になった。ぜいぜいと荒い息をつく。

首を抱えている分、足はどうしても遅くなる。捕まってもおかしくはないのに、似たような頃合で、声は途切れたような気もする。

「言ったとおりだったろ？　話が通じる奴じゃねえ。おっさんの首にすら、驚いてねえんだぜ。どう考えてもおかしいだろ」

「たしかに、まともな話はできそうにないな」

「もしかすると、あいつこそ化け物かもしれねえぞ。あいつが術を使って、まやかしの中におれたちを閉じ込めてんだ」

きっとそうに違いないとトサは断じたが、いや、とオビトは首を横にふった。首だけでも、上下左右に動かすことができるのは、ちょっと奇妙だ。

「もしかすると、ここは『独楽の国』かもしれん」

オビトは真顔で、重々しく告げた。

「こまのくに？　って何だ？」

「独楽とは、くるくる回るあの独楽だ。まるで独楽の上にいるごとく、同じ顚末が同じようにくり返すと、どこかできいた覚えがある。まあ、言い伝えのたぐいであるがな」

「てめえの名も知らねえのに、よけいな知恵だけは残ってんだな」

トサのからかいに、うるさいわ、と唾をとばしてやり返す。

それから、独楽の国について知っている限りを語った。

「その国ではな、何百何千と独楽が回っておるに等しい。独楽のひとつひとつで同じことが無限にくり返されて、終わりがない。不変こそが、人を安堵せしめるからだ」

「よく、わからねえ」

「人の暮らしというものは、似たような毎日のくり返しで成り立っているからな。それこそが、幸いのひとつの形なのだ」

朝起きて飯を食い、仕事をして家に帰る。百姓も漁師も商人も、貴族や武士すら同じこと。

昨日と同じ今日は、また明日も続く。そう信じられることこそが、人の心に安寧をもたらす。

「よう考えてみい。地の揺れも水の猛りも、人の死も戦も、すべては変事であろうが」

「それはそうだが……おれは嫌だ」

切通しの向こうを、じっと睨んだ。この先で何が起こるか、正確に見通せる。それは安堵なぞではなく、息苦しさをトサに感じさせた。

「同じ日をくり返したところで何になる。飽いちまう方が、よほど怖いや」

現にトサは、嫌気がさしていた。飽いた先には、虚無が澱んでいる。己には、何を変える力もない。どんなにもがいても、同じ顛末を辿る。空きっ腹を抱え、食い気に負けて握り飯を奪い、追われて逃げる――。もしかしたらこれまでも、似たような暮らしを続けていたのではあるまいか。食うためだけにあくせくし、いっとき腹が満ちても、満足の代わりに情けなさが募る。安寧なぞどこにもなく、孤独と不安が押し寄せる。

トサを追いかけながら、頭巾の男の目は、トサを見ていなかった。あの目は、よく知っている。記憶はすっぽり抜けているのに、何故だか馴染みがある。

誰も自分には目もくれず、悪さをしようと善行を働こうと、あつかいは変わらない。そこに留まることすら許されず、野良犬のように追い立てられる。

ふいに、怒りに似た思いがわき上がった。焦りと苛立ちが練り込まれ、赤黒く色を変える。

その胸中に気づくこともなく、オビトは呑気に応じる。

「まあ、若い者にとっては、退屈以上に恐ろしきものはなかろうな」

もっともらしく理解を示すように、うんうんとうなずいた。

「それでも平安とは、平時の積み重ねであるからな。大方の人心の根本には、変と異を疎んじて避けようとするきらいがある」

よく知っている――。おそらくは、変や異としてあつかわれてきたのは、トサ自身だ。些末は思い出せずとも、恨みをはらんだ赤黒い物思いは、しだいに膨らんでくる。

「余所者や他国者を嫌うのも、その道理よ。ほれ、さっきの男を思い出してみろ。わしの異形すら見定めようとせず、闇雲に追い払うた」

相手が誰であろうと関わりはなく、ただ自身の平穏を破る者だと、躍起になって排除に努める。実に卑小だが、実によく見る光景だ。

首が偉そうに語るごとに、赤黒いものは膨らみを増していく。しかし弾けるより前に、オビトは話を変えた。夢から覚めたように、現実に引き戻される。

「ともあれいまは、独楽の国から、抜け出すことを考えねばな」

「ここから抜けることが、叶うのか？」

「手立てまでは思いつけぬが……おそらく肝は、あの男だろう」

「松葉頭巾のおっさんだな？」

と、トサが身を入れて相槌を打つ。たしかに、この奇妙な国から脱することが先決だ。

「この独楽の国は、おそらくは、あの男が望んだからこそ生まれたに相違ない」

「こんなつまんねえ始末を、どうして望むんだ？　道端で、粟の握り飯を食ってるだけじゃねえか」

「いかにも……だが、こうは考えられぬか？　握り飯を食おうとしたそのときに、大きな厄災に見舞われたとしたら？」

「厄災って、何だよ？」

「そこまではわからぬが……いや、待てよ。この見事な切通しもまた、あの男の望んだ景色だとしたら……」

真っ直ぐに切り立った崖は、鑿の跡が美しく、そしてまだ新しい。

「そうか！　あの男は石工だ！」

「石工だと？　どうしてわかる？」

「あの男の脇に、鑿や楔（くさび）、槌（つち）や斧なぞ、石を割る道具がそろっていただろうが」

握り飯にしか目が行かず、トサはまったく気づかなかったが、間違いないとオビトは請け合う。

「おまえはいつも、男の右手から近づいたであろう？　道具は左に置かれていたからな。男のからだで、見えなかったのだろう」

何度か逆からも近づいたが、男の手許には目がいかなかった。

「てことは……仮に道を戻れば、あいつの手前に、鑿や槌があるってことか？」

「まあ、そうなろうな」

オビトがうなずいたとき、トサの頭に妙案が浮かんだ。

同時に、腹の底に押し込めたはずの赤黒いものが、音を立てて弾ける。

中からは得体の知れないものが、どろりとあふれてきたが、腹のつかえがとれて、爽快なまでにすっきりする。

「おい、トサ……何を笑っておる？」

「いいこと、思いついた。どうせ同じ顚末を辿るんだ。試してみて損はねえ」

「何をするつもりだ？　その笑みは、何やら気味が悪いぞ」

嫌な予感に駆られたのか、オビトが急に慌て出す。

「ちょっくら、行ってくら。おっさんは役に立たねえからな、そこで待ってな」

「待て、トサ！　わしも連れてゆけ！」

オビトの声が背中を追ってきたが、構わず道を戻る方向に、トサは駆けた。

やがて松葉頭巾を被った姿が、道の右手に見えてきた。何十遍もみたとおり、握り飯を載せた竹皮を、額の上に掲げ、目を閉じる。

トサは握り飯ではなく、男の左側に目を向けた。オビトが言ったとおり、石工道具があった。男に近づくと、吸いつくように手斧に手が伸びる。柄を握ると、意外なほどに手に馴染む。迷わず男に向かって、手斧をふり上げた。

男が気づいて、ふり向いた。両目が大きく開かれて、竹皮をとり落とし、こぼれた握り飯が土にまみれる。魚のように口をぱくぱくさせているが、声が出ないようだ。

「すまねえな、おっさん。あんたがいわば、ここの主なんだろ？　この果てのない国を抜けるには、主たるあんたを、どうにかするしかねえんだよ」

相手が逃げようとからだをよじり、必死に立ち上がる。

向きを変えたその背中に、容赦なく手斧をふり下ろした。

突然、静寂が破られ、つんざくような叫び声があがった。

断末魔を思わせる声に、髪が逆立ちそうなほど、ぞっとした。

この道の先で、いったい何が――？　あの小僧が、何かしたのだろうか――？

オビトは不安に駆られて、道の先を窺った。トサが去ったのは逆の方角だが、己では首の向きすら変えられない。何もできない自分が、もどかしくてならない。

じっと目を凝らすよりほかなく、ほどなく人影が見えた。

トサではない、松葉色の頭巾を被ったあの男だ。だが、ようすがおかしい。酒でも呑んでいるように、足がもつれてよろよろしている。

「トサ、あいつ、まさか……」

男の背後から、トサが現れた。右手に何かをふり上げて、男を追ってくる。握られているのは、手斧だった。

「何ということを……」

言葉を失った。男の右手が、救いを求めるように差し伸べられる。

「助け……助けてくれ……！」

男はオビトの鼻先で、ばったりと倒れた。男の着物の左肩が、大きく裂かれていた。血の量からすると、傷は深くはなさそうだが、よほど肝を潰したのだろう。男は真っ青になりガタガタ震えていた。

追いついたトサはオビトを見るなり、あの気味の悪い笑みを浮かべ、にんまり笑った。

「おまえが、やったのか？」

怒りで喉が塞がり、押し殺すような声になった。

「ああ、そうさ」と、あっさりとトサは認める。

「何故だ！　どうしてこのような酷い真似を！」

「回る独楽を、倒そうと思っただけだ。こいつが、この妙な世の肝なんだろ？　こいつをどうにかすれば、平たく言や殺しちまえば、何か変わるかもしれねえ」

あまりに浅はかな考えだ。それ以上に、半笑いで語る姿は、常軌を逸している。

「盗むならまだしも、人を傷つけるとは……」

「おっさんがそれを言うのか？　あんたら武士は、人を殺すのが役目じゃねえか」

言い返す言葉が、すぐには見つからなかった。

平安な日々に埋もれることを良しとせず、武功を立て、己を示さんとする。

武功とは、裏を返せば蛮行に他ならない。土地を、金品を、命を奪い、それを誉とする。大手をふって、野盗と同じ真似を働きながら、誇らしげに勝鬨を上げる。

それでも、何かが違う――そう思いたい。同じかもしれないが、違うと言いたい。

「武士は……単なる人殺しではない。国を造り、民を守る。それこそが武士の本分ぞ！」

精一杯の正論も、トサの顔の前で上すべりするだけだ。

まだ年端も行かない子供なのに、こんな大胆な真似をして平然としている。

いや、子供だからこそ残酷なのか。人の形をしているが、人の言葉が通じない。まるで凶暴な獣と、対峙しているようだ。内に巣くうのは、狂か魔か。人に怪我を負わせて、少しも悔いてはいない。誰にもあたりまえにあるはずの良心というものが、トサには欠けている。それが無性に悲しくてならなかった。

トサは倒れた男には見向きもせずに、周囲を見渡した。

「何だ、辺りのようすは、ちっとも変わらねえじゃねえか。仕方ねえ、やっぱり殺すか」

悲しみが喉から突き上げて、頭の天辺で怒りとなって爆発した。

「この、馬鹿者があああっ！」

両の岩壁が、震えるほどの大声だった。

オン、と切通し中にこだまして、声がはね返ってくる。

「いてっ！　いでででで……」

トサが斧をとり落とし、両手で頭を抱えた。

「この男に指一本触れてみろ！　わしが許さぬぞ！」

「いてえ！　いてえよ！　頼むから、そのでかい声をやめてくれ。頭が砕けそうだ！」

耳を塞いだ格好で、トサがのたうちまわる。オビトはそのさまをながめて、きょとんとする。倒れた男には、特に変化はない。

「何を大袈裟な……いや、待てよ」

トサはまるで、頭に嵌めた輪を締められた、孫悟空のように苦しんでいる。だとすれば、己の声は三蔵法師の呪文にあたろうか。

「約束しろ！　この男を、いや、二度と人を傷つけるな！」

「首に指図される謂れはねえ！」

「ならば我慢くらべだ！　わしの声が嗄れるか、おまえの頭が割れるか、どちらが早いか根くらべだ！」

トサは懸命に抗ったが、「頭が割れる」との脅しが効いたようだ。ついには折れて、降参した。

「わかった、約束する！　だからそいつを止めてくれ！」

ひいひい喚きながら、トサは尻をこちらに向けて、兎のようにうずくまる。

「うむ、よかろう」

オビトはひとまず声を収めた。トサには構わず、頭巾の男に声をかける。

「おい、しっかりせい、傷は浅いぞ。わしの声がきこえるか？」

うつ伏せに倒れていた男が、頭巾の頭をゆっくりと上げた。目が合ったことをたしかめて、オビトは懸命に声をかけた。

「話はできそうか？　名は何という、生国はどこだ？」

「名は、工市……生まれは紅野国、風渡の村の出だ」

「おお、さようか。村には、妻や子もおるのか？」

「嬶と子がふたり……男の子と、女の子だ」

「では、何としても、村に帰らねばな。子供らは、いくつになるのだ？」

「上の子が四つ、下の娘はふたつになるはずだ。おらが村を出たときは、まだ赤ん坊で……」

と、頭巾の男が、いっとき黙り込む。

「どうした、工市？」

「おら、いつからここにおるだ？　嬶とガキにも、ずうっと会ってねえような気がする」

己の来し方を懸命に思い出そうとするように、両の眉根を寄せる。促すつもりで、オビトはたずねた。

「おまえはおそらく、石工ではないか？　道具を見るかぎり、そう思えた」

「石工……そうだ、おらは村で石工をしていた。だども、山に道を通すために集められて、風渡の村からも、おらを含めて十二人が……」

工市の目が、大きく見開かれた。その目はオビトの首ではなく、どこか遠くを見ている。その両目から、みるみる涙があふれ出た。

「工市、どうした？　何か、思い出したのか？」

「切通しが、半ばまで達したとき、山が、崩れて……」

子供のような、大きな泣き声があがった。

「みんな……みんな死んじまった……嘉吉も、与助も、一郎左も。同じ村の者はすべて……なのに、おらだけが無傷のまま生き残って……」

道に突っ伏して、喉が破れんばかりに工市は泣いた。背を撫でてやることもできぬのが、情けない。慰めを口にしながら、辛抱強くその悲嘆につき合った。やがて泣き声がすすり泣きに変わる。用心深く言葉をえらびながら、事のしだいを改めてたずねた。

岩だらけの急峻な山に道を通すため、方々の村から数百人の人夫が集められた。

工市は十一人の村の仲間とともに工事に加わったが、惨事が起きた。掘り進んでいた横穴の天井が崩れ、多くの者が生き埋めとなり命を落としたのだ。

工市が巻き込まれなかったのは、たまたまだった。腕の良い石工であった工市は、差配人に呼ばれて、昼時過ぎまで工事の相談をしていた。それが終わり、作業場に戻る前に、弁当を使おうとした。横穴が崩れたのは、まさにそのときだった。

「竹皮包みを開いて、今日も無事に捗りますようにと祈った……なのに、なのに……」

「そうか……やはりおまえは、そこから先に、進めずにいたのだな」

崩れた土と岩は多くの者を呑み込み、その下に生き埋めにし、領主に集められた人足のうち、実に九割方が命を落としたという。風渡の村で難を逃れたのは、工市ただひとり。それがいっそう、この石工を苦しめた。

「おらは、村の人夫の頭だったんだ……おらひとりだけが、おめおめと生き残って……どの面下げて村に戻れるものか」

「さようであったか……おまえはひとり村に帰るのが気まずくて、仲間やその身内に申し訳が立たなくて、この独楽の国に、囚われていたのだな」

ようやく頭痛が収まったのか、トサが傍に寄ってきて、泣きじゃくる石工を不思議そうに見下ろす。オビトは少年に説いてやった。

「生き残るということは、死んでいった者の命をも背負うことに等しい。それがあまりに重過ぎて、挫けてしまったのだろうな」

山が崩れたことすら、工市には己が罪に思えたのだろう。村に帰ることもできず、独楽の国に彷徨い至った。惨事が起きる前の時をくり返していたのは、そうすることでしか傷を癒（いや）せなかったからだ。

おそらく独楽の国には、そのような者が迷い入り、ただひたすらに繰り返す時の中にうずくまり、羽を休めているのだろう。

何百何千とある独楽は、今日も悲しげな音を立てながら回り続ける——。

「あっ！　おっさん、見ろ！」

道の先を指さして、トサが叫ぶ。オビトの顔の向きとは、逆の方角だ。

「て、見えねえか。面倒くせえな」

ぼやきながら、オビトの首をもち上げて逆の向きに据える。

崖に挟まれた一本道を、改めてながめた。きれいに削られた岩肌は、鑿の跡がことさらに美しい。思えばこの見事な切通しは、叶わなかった工市の夢であろう。

一本道は、道の先でゆるく左に曲がっているのだが、まるで二股に分かれた追分（おいわけ）のように右にも道がついていた。右の崖は、そこから先が途切れ、右へと向かう道は豊かな緑に覆われていた。

オビトの目頭（めがしら）が、じんと熱くなった。あれが本来の、工市が辿る道なのだ。

「トサ、石工を背負ってあの道を辿れ。もちろん、わしの首も忘れるでないぞ」

「大人を背負うのは、さすがに無理だぞ」

「ならば、肩を貸してやれ。工市、辛いだろうが歩けるか？　独楽の国を抜けるまでの辛抱だからな、堪えてくれよ」

トサは文句たらたらだが、またあの声をお見舞いするぞと脅されて渋々と従った。

石工を左肩で支え、右脇にオビトの首を抱える。

重そうにぜえぜえと荒い息を吐きながら、一歩一歩踏みしめるように一本道を辿る。

ようやく追分にさしかかった。右に延びる道は、夏草が繁り、風が流れ、鳥のさえずりもきこえる。

「独楽の国を、抜けたようだな」

夏草の匂いを嗅ぎながら、眩しい日差しに目を細めた。

第2話

波鳥(なみとり)の国

「やめんか、トサ！　そのような非道は、決して許さぬぞ！」

少年の両手に抱(かか)えられ、生首が訴える。しかし少年は、無慈悲に告(つ)げた。

「てめえじゃ動けねえくせに、うるさいぞ。旅の行先を決めるだけじゃねえか。たまには役に立っても罰は当たらねえ」

「だから、賽(さい)の代わりにわしを転がすのは、やめろと言うておるのだ！　その辺にある小石で構わぬだろうが」

トサはにんまりと、首だけの男、オビトを見下ろす。

「転がすたびに音の鳴る賽の方が、石っころよりも面白いじゃねえか」

「音ではなく、わしの声であろうが。わあっ、よせっ、やめろっ、手を離すなと……」

オビトの訴えなぞ端(はな)からきく気はなく、両手に持った首を股のあいだに入れて弾(はず)みをつけ、思いきり転がした。

ぎぃやぁぁぁ――――！　と派手な声をあげて、髭面(ひげづら)の首は道をゴロゴロと転がってゆく。

やがて首が動きを止めると、トサはチッと舌打ちをした。

「どうもあの髷(まげ)のせいで、真(ま)っ直(す)ぐ転がってくれねえな。いっそ、切っちまうか」

すたすたと道の先へ行き、首を覗き込む。オビトは横に倒れ目を瞑っているが、土埃がついて顔は泥だらけだ。

「おーい、おっさん、起きてるか？　それともまた、気を失ったか？」

閉じていた目をかっと見開き、オビトがじろりと睨む。トサは泥まみれの首をもち上げて、へらりと笑った。

生意気で口が悪く乱暴者だが、こうしていると、よくいる悪餓鬼と変わらない。だが、この少年には、酷い一面がある。まるで虫や蛙を苛むように、独楽の国で石工を傷つけた。

ただ、奇妙なことに、その事実がねじ曲げられてしまった。

あの切通しを抜けると、そこは紅野国で、石工の故郷の風渡の村は、峠道の眼下に見えた。山間の小さな村を見下ろして、工市は涙をこぼした。

「これで……これでようやく、村に帰ることができる。他の仲間はみんな死んじまったのに、おらひとり無傷で生き残ったことが、申し訳なくてならなかった。たとえ仮初でも、傷のひとつでもあれば、多少の詫びになる」

自分ひとりが生き残った申し訳なさが、工市を独楽の国に留めていた。トサのつけた傷は図らずも、罪の意識を軽減させた。

ここからはひとりで行く——。工市はそう告げて、村へと続く脇道を下りていった。

「さてと、おれも行くか。おっさんとも、ここでおさらばだな」

トサは抱えていたオビトを地面に置いて、くるりと背を向けた。

「行くとは、どこに？　帰る家はあるのか？」

「何も覚えてねんだ。家があっても、道がわからねえ」

「やはりおまえもか。わしも同じだ、独楽の国を抜けたというに、何も思い出せん」

工市は現に帰ったが、オビトとトサの記憶は空っぽなままだ。過去がなければ、未来も見えない。この先どこに行き、何をすればいいか。

いや、それ以上に、憂うべきことがある。現に立ち戻っても、己は生首のままだ。

いまさらながらに、奇怪な事実が、重くのしかかる。

「なんだ、おれと別れるのが、そんなに寂しいのか？」

ふり返ったトサが、オビトを見下ろしてにやりと笑う。

「違うわ！　おまえのような悪たれと、つるむ気なぞさらさらない」

「それはこっちの台詞だ。首の化け物を道連れにするつもりなぞ、とんとねえからな」

じゃあな、とふたたび背を向けて、トサは峠道を去った。

ひとりとり残されると、不安と心許なさが、いっそう強く押し寄せる。風が吹き、とばされてきた木の葉が片目を塞いでも、虫が頬にとまっても、とり除く術がない。石の地蔵と変わりなく、ただ自然に身を任せ、少しずつ朽ちていくだけなのか。

いや、土に還ることができるならまだいい。皮膚が剝がれ肉が腐り目玉が落ちて、しゃれこうべになるとしたら、それもまた自然の理だ。骨になるまで、ひと月かふた月か。だが本当にそれで、死ぬことが叶うのか。ものを言う首という、化け物となり果てたこの身に、死という安寧は訪れるのか？

それならいっそ、獣に頭から食われる方が……。

と、目の前の藪が、いきなり鳴った。ガサガサと音を立てながら、見えない何かが近づいてくる。たちまち総毛立った。

「なんだ、猪か、狼か？　まさか熊ではなかろうな。いや、狸や狐も肉を食らうというからな。ええい、来るな！　こっちに来るな！」

いましがたの覚悟はどこへやら。毛むくじゃらの頭が藪から突き出すと、思わずギャアと声があがった。

「なあんだ、おっさん、まだここにいたのか」

葉っぱまみれのぼさぼさの髪の下から、目が覗いた。

「ト……トサか……脅かすでないわ！」

「てめえが勝手に驚いたんだろ。まあ、足がねえんじゃ動きようもねえか」

「おまえこそ、どうして戻ってきた？」

「おれはちょっと、腹ごなしに行ってただけだ」

藪から這い出してきたトサの顔を見て、ぎょっとする。

「口のまわりが、血だらけではないか。いったい、何を食ろうた」

「血じゃねえよ、山桜（やまざくら）の実だ」

と、握っていた掌（てのひら）を開いた。長いへたのついた黒っぽい実を見せる。

「渋くてさほど旨（うま）くはねえんだが、他に何もなくてな。山のようすからすると、夏の初めってところか。山菜はあらかた終わっちまって、蕨（わらび）くれえしかなかった。蕨はさすがに生では食えねえからな」

「おまえ、詳しいな。もしや、山育ちなのか？」

トサは少し考える顔をしたが、やはり思い出せないようで、さあ、と首を捻（ひね）る。

「その桜の実、わしにも食わせてくれぬか。喉（のど）が渇（かわ）いてな、腹も減った」

「腹なんて、ねえじゃねえか。いったいどこに、食ったもんを収めるんだ」

文句を言いながらも、首がものを食う姿には興味がわいたのか、オビトの前に座り込む。オビトが大きく口を開け、そこに山桜の実を器用に放り込む。

嚙(か)んでも汁気はあまりなく、舌の上に渋味が残る。

「まるで犬だな。ほれ、もうひとつ行くぞ」

「おい、待て。こら、顔にぶつけるな」

トサは面白がって、次から次へと実を放る。実を嚙んで種を吐き出し、五つ六つの実をまとめてごくりと飲み下した。喉の渇きが癒(い)えたようにも思えたが、たちまち息苦しさに見舞われた。喉が詰まって、声すら出ない。

「どうした、おっさん、目を白黒させて」

トサが不思議そうに、オビトをもち上げる。同時に、嚙み砕かれた果実の残骸が、首の下からぼたりと落ちた。

「うわ！　きったねえ！　下から出てきやがった」

「やれ助かった……喉が詰まって、死ぬかと思うたぞ」

顔をしかめたトサの前で、オビトは大きく息をついた。

家もわからず、行く当てもない。心許ないのは、やはり同じなのか。

は、オビトを暇つぶしの道具程度にしか考えていない節もある。

甚だ荒いあつかいながら、トサはオビトを見限ろうとはしなかった。もっとも当人
毬のようにあつかわれ、散々な目に遭わされる。

　中でもお気に入りは、首占だ。オビトを転がして、止まった顔の向きで方角を占う。

「まあ、そう怒るなって。おかげで行先も決まったし」

「どちらだ？　西か、東か？」

「おっさんの鼻先が向いた方と、決めていたんだ。だから……北だ」

「馬鹿者！　それではいま来た道を、戻るだけではないか！」

「あ、本当だ……仕方ない、もういっぺん働いてもらうか」

「二度とご免だぞ！　さっさと川に行き、顔を洗わせろ。口の中が、泥でざりざりし
ておるわ」

　ぎゃいのぎゃいのとやり合っていたが、そこに別の音が響いた。

　しゃん、しゃん、と、金気の音が同じ調子で鳴らされて、少しずつ近づいてくる。

　トサは身を硬くして、道の向こうをじっと窺う。まるで人を恐れる野兎さながらだ。

「鈴……ではないな。この音は、錫杖か？」

　オビトが見越したとおり、やってきたのは、ひとりの法師だった。
色の褪せた墨染の衣に、笠を被り、片手に錫杖を握っている。どうやら旅の法師のようだ。片手で笠をもち上げると、柔和な老顔が覗いた。

「童子がひとり、こんな山道で何をしておる？　道に迷うたか？」

関わり合うのも面倒だ。トサは両手でオビトを抱え、法師に背中を向けた。

独楽の国を抜けて、三日が過ぎていたが、ずっと山道が続いていた。人に会うのは、これが初めてだった。

「この辺りには、村なぞなかったはずだが……まあ、よい、腹はすいておらぬか？　ふもとの村で、握り飯を分けてもらってな。よければ……」

「飯って、米の飯か？　食わせてくれるのか？」

たちまち涎を垂らし、くるりと法師に向きを変える。オビトは慌てて目と口を閉じ、死人のふりをした。老僧の目が、大きく見開かれた。

　抱えている生首を認めて、さすがにぎょっとする。

「その首の主は、おまえの身内か？」

「いいや、まったく縁もゆかりもねえ」

「では、その仏をどうするつもりか？　いくら戦の世とはいえ、仏に無体を働いては罰が当たるぞ」

「こいつが仏だと？　とんでもねえ。両眼をこじ開けて、ようくご覧じろ。この首は
な、しゃべるし怒鳴るし、歌すら歌うんだぜ」

「首がしゃべり、歌うだと？」

「何なら、試してみるかい？　ただし、こいつの目を見て声をきけば、呪われるがな。

本当だぞ。三日のうちに手足が腐り出し、十日もすれば首だけの姿になり果てる。そ
れが嫌なら、飯を置いてさっさと失せな！」

これでは賊と変わらない。オビトは叱ることすらできず、じっと耐えるしかない。

しかしトサの思惑は、当てが外れた。法師は怯えるどころか、逆に食いついてきた。

「まことか！　まことにそれは、物申す御首さまなのか！」

「……おんくびさま？　って、何だ？」

「一切の欲を捨て、首の姿となって智を求める。それが御首さまだ」

いわゆる「知」よりも、高次な叡智を意味する「智」だと、法師は語った。

両者の差についてはまったくわからないが、そんなたいそうな代物ではないと、ト
サは一笑した。

「この首ときたら、その辺のおっさんと変わりゃあしねえ。すぐ怒る上に、眠ると

鼾までかくんだぜ。腹もねえのに腹がへるというし、喉が渇いただの顔がかゆいだの、とかくうるさくてよ。もう、うんざりしてんだ。じいさんが引きとってくれるなら、喜んでさし出してえところだが……」

「おお、譲ってくれるというのか」

「だが、握り飯ごときでは譲れねえ。大きな里に下りたら、この首でひと儲けするつもりでいるからな。なにせ、しゃべる首だぜ。見世物として辻に置けば、いくらでも稼げるだろ」

それまで閉じていたまぶたが、かっと見開かれた。とうとう我慢ができなくなったのだ。

「わしを見世物にするだと！　置き去りにしなかったのも、そのためか！」

「あたりめえじゃねえか！　重いしうるせえし厄介だし、他にどんな謂れがあって、抱えて旅する義理がある」

「この悪たれ小僧が！　また、わしの声をお見舞いされたいか」

「へん、馬鹿め。口さえこうして塞いじまえば……ほうら、あの地鳴りみてえな声も出せねえだろ？」

「ふぐ、もぐぐ、もごもごもご」

後ろから両手で塞ぐ形で、トサは髭に覆われた口にしっかりと蓋をする。

最初は、口を利いた首にたいそう驚き、拝むように手を合わせた法師だが、ふたりの俗なやりとりに、すっかり呆れている。有難さもだいぶ薄れたようだが、痩せても枯れても御首さまだ。無茶をするなと、子供の所業を止めに入った。

「これこれ、やめなされ。口を塞いでは苦しかろう。ほれ、握り飯をやるから、手を離してやりなさい」

「お、そうか。食い物さえくれるなら、文句はねえよ」

竹の皮で包んだ飯と引き換えに、あっさりと法師に首を預ける。後は首なぞ見向きもせずに、雑穀の混じった飯にかぶりついた。

「大丈夫ですか、御首さま。ここは日差しがきつうございますな。あちらの木陰に参りましょうか」

法師は大事そうに首を抱え上げ、道に影を落とす大木へと連れていく。大きな雲のような木陰の中に切株を見つけ、首を載せて、ふたたび手を合わせた。

拝まれたオビトは、具合の悪そうな顔をする。

「御坊、過分なあつかい痛み入るが……お主の言う御首さまとやらが、このわしとは限らぬぞ」

　法師は拝み手を下げて、まじまじと見詰める。

「では、獣や怪(け)の変化(へんげ)でありまするか？　こうして実(じつ)をもつ姿なのですから、この世に迷い出た霊(たま)とも違いますし」

「物の怪でも死人でもござらぬわ！　……と言いたいところだが、実はこの姿になるより前のことは覚えておらぬのだ」

　オビトは、これまでの経緯を法師に語った。独楽の国で目覚めたときには、すでに生首の姿となり果てていた。

「覚えていることといえば、己(おのれ)が武士であったことだけだ。この幾日か、ずっと考えておったのだが……わしは前世で大罪を犯して、かような浅ましき姿に変えられたのではあるまいか？　つまりはこの姿は、天より下された罰ではなかろうか」

「罰、でございますか……」

「トサを見ていると、何やらそう思えてな。嘘や悪態なら、あの年頃には珍しくない。しかし独楽の国で人を傷つけ、何らの悔(く)いも抱(いだ)いてはおらなんだ。わしが止めねば、殺してしもうたかもしれぬ……」

　童子の分際で、さように恐ろしき性(さが)を宿すとは。やはりあのトサも、天罰を受けてオビトとともに今世に落とされたのかもしれぬ。オビトはそのように法師に告げた。

「なるほど……まんざらなくもないお話ですが……」

しかし法師は、思いがけず柔らかな笑みを浮かべた。

「もしもそれが真実であらば、やはり御首さまではないかと……私にはそう思えます」

「ならば御坊が崇める御首は、罪人であるというのか？」

「いいえ、そういうわけでは。書物にはただ、人欲をでき得る限り削ったお姿が首であり、一方で、人情を現に示しておられると記されておりました」

「欲を削り、情を示す、だと？　この姿で、悟りでも開けというのか？」

「まことの悟りを開いたのは、仏だけ。人の一生は、短いものですから。徳を積んだつもりでも、世俗の垢がこびりついておるもの。されど、それも一興。人の気持ちのわからぬ聖では、誰も救えませぬから」

「救い、とな？」

法師にゆったりとうなずかれ、ついため息がこぼれる。

「この首の姿も、わしとトサが出会うたのも、仏の救いであればよいのだがな……どちらにとっての救いかは、わからぬが」

「おそらくは、双方にとってでありましょう。救いとは、そういうものですから」

「片方だけの満足では、救いにはなり得ぬということか……」

いかにも法師らしい説法ともいえるが、暗く陰っていた胸の内に、樹上から落ちる細い木漏れ日のように、わずかな光がさす。

「すでに胸などないのにな……」

つかえが多少とれたとはいえ、現実の事柄は何も解決していない。

まず、何をすべきか、どこに行けばよいのか、それすらわからない。迷いを口にすると、法師は古い記憶を思い起こすようにしてこたえた。

「これは別の書物にありましたが、御首さまは『波賀理（はかり）』をあつかえる唯一無二（ゆいいつむに）の者だと記されておりました」

と、法師は木の枝で、土にその字を書いた。

「波賀理とは、錘（おもり）を載せる、あの秤（はかり）か？」

「どのような形のものかは、わかりませぬ。ただ、御首さまと波賀理は、切っても切り離せぬと。我ら法師の錫、武士の刀のような代物ですな」

「その波賀理とやらは、どこにあるのだろうか？」

「それも拙僧（せっそう）にはわかりませぬが……古い都に行けば、何らかの手掛かりを得られるやもしれませぬ」

「古い都というと……」

「はい、那良にございます」

この地からは、百里か二百里か。見当すらつかないが、目指す行先があるだけで、多少なりとも不安がやわらぐ。オビトは法師に礼を言って、那良に向かおうと即座に決めた。

「あの童子も、連れてゆくのですね？」

「連れていってもらうのは、わしの方だがな」と、オビトは苦笑いする。

首の姿となって、正気を保っていられるのも、トサのおかげかもしれない。

残酷で可愛げがなく心配も尽きないが、オビトを恐れることはなく、文句を吐さながらも、この数日、共にいてくれた。ハラハラさせられながらも、それもまた刺激となり、子供はいずれも新芽と同じ。伸び盛りの勢いは、不自由な身には有難かった。

「何より、わしと小僧には、過去世に縁があるように思えてな」

「縁、ですか」

「わしの声が、あの子にだけ効いたのが、その証しだ」

オビトの本気の怒声は、トサを止めることができる。あまりに首占がしつこかったとき、怒鳴りつけてみたが、やはりトサは頭を抱えてのたうちまわった。その苦しみようは尋常ではなく、可哀相に思えて、以来、本気で叱ったことはない。

一方で、石工の工市には、何らの効き目はなかった。

「親兄弟といった血の縁か、あるいは何か因縁でもあったのか、そこはわからぬが……」

ふっと法師が、目尻を下げる。

「良いと思いますよ。互いに頼みにしているなら、良き間柄を築けましょう」

「まあ、あやつはまったく、その気はなさそうだが」

「あの童子も、あなたさまと同じ。生まれも身内も、己が何者かすら知らず、この世にたったひとりで放り出された。御首さまより他に頼る者がおらぬのは、まったく同じ身の上ですよ」

法師に言われて、オビトは初めて気づいた。トサの前では精一杯、見栄を張っていたが、生首である己が恥ずかしく情けなかった。髭を蓄えた強面の内に隠していたが、何の役にも立たない厄介者だと、ひたすら卑下していた。

恥も卑下も、すべては我が身の内のこと。自分ばかりを哀れんで、トサのことを置き去りにしていた。それは大人として、何より情けない。オビトは己の身勝手を、深く恥じた。

「やはりわしは、御首と尊ばれるような仁とはほど遠い。それでもできる限り、あの子の傍にいてやりたい。たとえあやつに、迷惑されてもな」

「思いは、いずれ届きましょうぞ。いや、案外……」

と、法師は言葉を切った。その折に、トサがふたりの元に駆けてきた。

握り飯はとっくの昔に腹に収まり、しばし姿が見えなかったが、どうやら川へ行っていたようだ。

「ほらよ、おっさん」と、竹筒をさし出した。「どうせ、下から出ちまうだけなんだがよ」

ぼやきながらも、オビトの唇に竹筒を当てて傾ける。冷たい水は、喉を心地よく通り過ぎるが、すぐさま首の下から流れ出て、水溜まりが広がる。

「な？　甲斐がないこと、この上ねえだろ？　水ならまだしも、木の実やら肉やらも食うんだぜ。きったない残飯になって、下から落ちるだけだってのによ」

法師に向かって、トサがさも嫌そうに講釈する。

「おまけによ、地べたなぞに置いて食わせると、下から出ていかねえから、すうぐ喉に詰まらせんだ。あったま悪いだろ？」

「うるさいわ！　おまえにだけは、言われとうないわ」

ひとしきりやり合ってから、オビトは行先が決まったと、トサに告げた。

「那良という、ここよりはるか西方にある古い都だ」

「都か……悪くねえな。都なら、人がいっぱいいるんだろ？　見世物の客にも事欠かねえ」

トサはにわかに商売気を出して、遠路の旅を承知する。

「西へ向かうなら、いったん東へ行きなされ。この先しばらくは、険しい山道ばかりでな、海沿いの道を行く方が、少しは凌ぎやすくなりましょう」

法師の助言を受けて、ふたりは東への道をとることにした。

「御坊には、世話になり申した。いただいた説法は、忘れませぬぞ」

「こちらこそ、世にも有難き御首さまとお会いでき、寿命が延びた心地がします。旅の無事と、大願の成就をお祈りいたしまする」

大人たちの長々しい別れの挨拶にしびれを切らし、行くぞ、とトサが首を抱える。

「童子よ、おまえも達者でな」

「おう、じいさんもくたばるなよ。飯、旨かった」

首を抱えて遠ざかる子供の背中に、法師は手を合わせて佇んでいた。

「なあ、海って、ばかでっかい池のことだろ？」

法師に教えられたとおり、道が左右に分かれた追分から東へ向かった。

「なんだ、おまえ、海は初めてか」

「うん、向こう岸が見えねえほどに、でっかい池だときいた」

「前におまえが言っていた、おふうとやらからきいたのか？」

　少し考える素振りをしたが、おふうという名より他は、やはり思い出せぬようだ。誰にきいたかも、覚えていないという。

「まあ、山育ちであろうことは、わかっていたからな。海とは縁がなかったのであろうな」

「おれが知らねえ育ちを、どうしておっさんが知ってんだよ」

「それはおまえが、山で暮らす知恵に長けていたからだ」

　ここまでの数日、ふたりは山の恵みのみを糧にしてきた。山中を、まるで猿のように自在に行き来して、水や食料を調達したのはトサだった。

　湧き水の在りかを、地形や地面の湿り具合、周囲に生えた草木などから嗅ぎ当て、火熾しもお手のものだ。くの字に曲がった枝と蔓で弓に似た道具を拵えて、これを用いて木をこすり合わせる。慣れぬ者なら難儀な仕事となるが、よほどこつを弁(わきま)えているらしく、思う以上に早く煙が上がり、火種となる。

山菜を採(と)るにも、毒やえぐみのない食用に適したものを的確にえらび出し、沢では魚を獲(と)り、罠(わな)を仕掛けて兎を捕えたこともある。

「こうもうまく罠にかかるとは、思わなんだ」

「足跡を見極めて、兎の通り道に仕掛けたんだよ」

兎の捌(さば)きようも手馴(てな)れていた。毛をむしり、尖(とが)った石で皮を裂き、不要な臓物も除く。初夏という季節柄、少し痩せてはいたが、肉の旨味を堪能できた。

「鍋があればのう、兎汁にできたものを。まあ、丸焼きも悪くはなかったが」

「腹もねえくせに、色々と食いたがるのはどういうわけだ？」

「山の幸と言えば、やはり茸(きのこ)だな。わしは茸鍋が、何よりの好物でな。秋になるのが楽しみ……」

「茸鍋なぞ、金輪際(こんりんざい)見たくもねえ」

トサが唐突に呟(つぶや)いて、足を止めた。前に抱えられているから、表情は見えない。だが呟いた声は、剣呑(けんのん)だった。

「どうした、トサ、何か思い出したのか？」

「え？」

「だから、茸鍋だ」

　夢から覚めたように、トサがきょとんとする。

「何か言ったような気もするけど、口にしたとたん忘れちまった」

　トサは呟いたことを、覚えていなかった。


「やれやれ、今宵も山中で野宿となりそうだな」

　半日ほど歩いたが、未だ山道が続き、鬱蒼とした森の中の一本道だ。

　オビトはトサに頼んで、己を頭上高く掲げてもらった。

　日も傾いてきたが、汐の匂いも波の音もしない。海岸まではまだまだ遠そうだと、オビトはがっかりした。

「おれは別に構わねえぞ。木の上は、寝心地がいいからな」

「毎夜、木にぶら下げられておる、わしの身にもなれ。風が吹くたびに揺れて、目が覚めてしまうのだ」

　一晩中、火を絶やさずに眠るのは存外難儀で、風の強い晩となればなおさらだ。もしも火が消えれば、獣の格好（かっこう）の餌食（えじき）になる。

トサにはその知恵もあり、高い木にするすると登って、収まりの良い枝に腰を落とし、丈夫な蔓で幹（みき）にからだを縛りつける。首であるオビトは、やはり蔓を巻きつけて、枝からぶら下げるより他にない。寝心地の悪さはこの上なく、オビトは不満たらたらだった。

「あそこのぐんにゃり坂を越えたら、寝床を見つけようぜ。腹もすいちまったしな」

トサが指さした道の先は、向こうが見通せないほど大きく折れ曲がっている。道は下っていて、勾配（こうばい）もきつい。こんな斜面で野宿をするのかと、オビトはため息をついた。

しかし弓形の坂を折れたとき、ふいに森が途切れ、視界が開けた。

うおおっ！　と、ふたりが同時に声をあげる。

「海だ！　海だぞ、トサ！」

「すげえ！　すげえ、すげえ！　本当に水ばかりで、果てが見えねえや！」

トサは興奮のあまり、雄叫（おたけ）びをあげながら、急勾配の坂道を駆け下りる。トサに抱（かか）えられたオビトは、眼下に迫る空と海の大きさに圧倒され、景色の美しさに魅了された。

オビトは海を知っていたが、これほど美しい浜は見たことがない。

高い崖状の岬が両端から突き出して、上から見ると、海に向かって扇を広げたような形を成している。広い扇面が海であり、骨にあたる部分が浜である。日は背後の山に沈みかかっており、その燃えるような色を受けて、海も空も金色に染まっていた。

浜は貝を敷き詰めたような白砂（しらすな）であり、その先に金の扇面が輝く。

浜に辿（たど）り着いたトサは、しばし黙って景色に見惚（みと）れていた。オビトの頭の上で、ほうっとため息がこぼれる。どのくらいそうしていたろうか、ふいにトサが、わっ、と声をあげてのけぞった。

「え、何でだ？　さっきまで水が遠くにあったのに、いつのまにか足の下まできてる」

「おそらく、満ち潮時にかかったのだろうて」

オビトが潮の満ち引きについて軽く説いたが、トサはそれどころではなさそうだ。

「うわわ、足許（あしもと）の砂が崩れていく。気持ち悪い！」

初めて海に来た、幼子と同じだ。海から逃（のが）れるように、向きを変えた。その拍子に、オビトが小さく叫ぶ。

「おい、トサ、あれを見ろ！　煙だ、煙が上がっておるぞ」

この浜は、背後に山が迫っていたが、浜を上がった山とのあいだに、わずかながら平地がある。その北寄りから、煮炊きと思われる細い煙が上がっていた。

「小屋があるぞ。漁師小屋であろうか。せめて一晩だけでも、屋根の下で眠りたいものよの」

「首のおっさんがいちゃ、気味悪がられるだけじゃねえか？」

「まあ、その顚末も、なきにしもあらずだが」

海に背を向けていただけに、後ろから近づいてきた人影に気づかなかった。

「誰だ！　どっから来た！」

ふいに背中から怒鳴られて、よほどびっくりしたのだろう。トサがふり返った拍子に、オビトをとり落とす。砂まみれになったものの、柔らかい砂のおかげで怪我をせずに済んだ。傾いてはいるものの、どうにか立っており、声の主の姿も見える。

しかし姿を認めたとたん、喉の奥で悲鳴をあげた。

褐色に日焼けした素っ裸の男が、銛を構えて仁王立ちしていた。

全身から滴をしたたらせ、まるで海から上がってきた恐ろしい海神さながらだ。

「ここで何してる？　まさか波鳥の村の者か？」

「い、いや、おれは……」

恐ろしい形相で、銛をぐいと突き付けられて、たまらずトサはその場を逃げ出した。山の方角に向かって、一目散に駆けていく。慌ててオビトは声をあげた。

「トサ、待て、待たぬか！　わしを置いていくつもりか、戻ってこい、トサ！」

いくら呼んでも、足を止めることさえせず、暗く陰った山の木々の中に紛れて見えなくなった。がっかりして、ため息をつく。

ふと気づくと、さっきの男が目に前にいた。思わず震えあがったが、男はオビトを不思議そうに見下ろしている。

「首が、しゃべっとる……」

男はオビトの前にしゃがみ込み、顔を近寄せる。

「え、いや、何だ、わしは決して怪しい者では……いや、見掛けは異様なれど、化け物のたぐいではなく……」

「もしや、御首さまだでか？」

「そ、そうだが……御首を、知っておるのか？」

「こんな片田舎だども、御首さまの話くれえは知っとるだ」

男が白い歯を見せた。田舎訛りと相まって、笑うと純朴な表情に様変わりする。腰には魚籠を括りつけている。恐ろしき海神なぞではなく、どうやら漁師のようだ。

「もしやさっきの童(わっぱ)は、御首さまのおつきの者だでか？」

「まあ、そのようなものだ」

「あいやあ、脅かして悪いことしたな。山から差す日で、よく見えなくってな。逃げ去るまで、子供だと気づかなかった」

すまなそうに、トサの去った方角を見遣(みや)る。

「ふん、あんな薄情者、放っておけ。わしを置いて逃げるとは、何たることか」

「御首さまも、都からきただか？　都の大きな寺には、御首さまがずらりと並んでおるときいただで」

それは怖い――。たとえ仲間がいるとしても、あまり喜べない。ただ意外にも、御首信仰は、このような辺鄙(へんぴ)な土地にも広まっているようだ。

「おお、いつまでも転がしたままでご無礼したな、御首さま」

男はオビトを拾い上げ、砂浜に立てて、手を合わせた。

「申し遅れたな、わしはオビトと申す」

「おらは櫂蔵(かいぞう)――船の櫂に、蔵(くら)と書きますだ」

歳は二十四で、嫁と子供がいるという。三月前に授かった男の子で、汐(うしお)と名付けたと、嬉しそうに語る。

「御首さま、よければおらたちの小屋に、お泊まりくだせえ。粗末なあばら屋だども」

「おお、それはかたじけない。屋根の下で、雨露を凌げるだけでもありがたい」

「おつきの子供は、探しに行かなくていいだか？　何ならおらが、探してくるだが」

「放っておいて構わぬわ。そのうち戻ってこよう」

このまま戻ってこなかったら――。内心では気掛かりだったが、口先では意地を張った。

オビトは男に抱えられ、煙が細く上る小屋へと向かった。


「御首さま、どうぞ召し上がってくだせえ。お口に合えばいいだども」

香ばしく焼かれた新鮮な魚介に、たちまち生唾がわく。

櫂蔵の妻は、凪といった。優しげな面立ちの女で、最初こそ夫が抱えてきた生首に動揺したものの、御首と知ると、やはりていねいにオビトをもてなした。

「ほう、この子が汐か。達者に手足を動かしておるな。うむ、実に良い子だ」

「御首さまに出会えたことは、この子にとっても幸いだで。ありがたや、ありがたや」

夫婦はそろって手を合わせ、赤ん坊もじっとオビトをながめている。土間に筵（むしろ）を敷いただけで、床すら張っていない粗末な小屋だが、真ん中に火が焚（た）かれ、小屋内は明るい。

赤ん坊は、髪も眉も生え揃っていないが、右の耳たぶに、黒い石を嵌めたような大きな黒子があった。

どこかで見たことがある――。そう思えたが、その場では思い出せなかった。

櫂蔵は長板の上にオビトを置き、凪はその板に料理を並べた。

「市で手に入れた、酒もありますだで」

「おお、酒とな。それは嬉しい！　ぜひ、馳走（ちそう）になろう……とはいえ、実はな」

呑（の）んだ酒も食べた魚貝も、自身の喉を通れば、すべて無駄になる。その体たらくを、正直に告げた。それでも夫婦の表情は、変わらなかった。

「下が抜けておらんと、喉が詰まるだか……んだば、おらが抱えて凪が食わせるだで……」

と、小屋の外から、ことりと小さな物音がした。

びくりと、若い夫婦があからさまに慄（おのの）く。いささか大袈裟（おおげさ）なまでの怯（おび）えようで、妻は赤子を腕に抱き、夫は銛を手にとって気配を尖らせる。妻子を庇うように抱き寄せて、筵を下げた小屋の口を、じっと凝視していたが、筵の下から覗いた足でオビトは気づいた。

「そこにいるのは、トサであろう？　怖がることはない、入ってきても構わぬぞ」

筵の片端がわずかにめくれて、中を覗き込んだが、櫂蔵と目が合うなり、鼠のようにぴゅっといなくなる。

トサの態度とは裏腹に、相手が子供と知るや、夫婦はたちまち剣呑な表情をほどいた。

「なんだ、御首さまのお供でねえか。さっきは脅かしてすまなかったな。さ、御首さまもおるだで、どうぞ入ってくろ」

櫂蔵は銛を置いて、小屋の口まで迎えに出る。

「どうせ馳走の匂いを嗅ぎつけて、戻ってきたのだろう？　ほれ、早う入らぬか」

オビトに急かされ、それ以上に香ばしい匂いにそそられたのか、そろりと内に身を入れる。

「まったく、わしを置いていきおって。薄情にもほどがあろう」

たとえ匂いにつられたにせよ、トサは戻ってきてくれた。姿を見るなり安堵がわいて、つい文句が口をつく。

「そんな隅っこにおらず、こっちさ来てくろ」

「お腹がすいているのでしょ？　たんと食べてちょうだいね」

夫婦に促され、オビトの脇に腰を下ろしたが、凪の腕に抱かれた赤ん坊に気づくと、何故だかびくりとする。

「トサは、赤子がめずらしいのか？」と、オビトがたずねる。

「めずらしかねえやい。ただ、赤くてふよふよして、気味悪いだけだ」

まるでトサの悪態を正確に察したかのように、ふいに赤ん坊が泣き出した。

「ほれ見ろ、意地悪を言うから、泣いてしもうたではないか」

「おれ、何もしてねえよ」

オビトに向かって唇を尖らせながらも、柄にもなくオロオロする。

「坊やもきっと、お腹がすいたのね。気にせずに、お上がりなさいな」

「あんた、その子の母ちゃんなのか？」

凪は見たところ、十七、八といったところか。トサの姉くらいの歳頃だった。

「ええ、そうよ。可愛いでしょ？」

胸をくつろげて乳を含ませる。赤ん坊はぴたりと泣きやんで、んくんくと喉を鳴らした。

じっとその姿をながめていたトサが、ふいに呟いた。

「母ちゃんなんて、嘘っぱちだ……」

「それは、どういうことだ？」

オビトはきき返したが、え、とトサは、合点のいかない顔をする。

「おれ、何か言ったか？」

まただ――。茸鍋のときと、まったく同じ顛末だ。

「いや、よくききとれなかっただけだ」

オビトはそれ以上、深追いしなかった。独楽の国にいた、工市と同じだ。思い出したくなかったからこそ、忘れたのかもしれない。過去世が白紙のままなのは、オビトも同じだった。

「それよりも、早う食わせぬか。おっとその前に、酒も頼むぞ」

「ちっ、無駄飯食いのくせにうるせえな」

気分を変えるようにお供に命じ、舌打ちしながらも、トサは首を左腕に抱えて胡坐をかいた。素焼きの茶碗を傾けてオビトに酒を呑ませ、皿から手摑みで焼いた魚介を口に運ぶ。

「これ、トサ、わしが一口食うあいだ、おまえは三口も食ろうているではないか」

「こんな旨いもん、むざむざ残飯にするのは惜しいだろうが」

右手を忙しなく動かしながら、トサはがつがつと魚を平らげ、オビトも三杯ほどの酒で顔を赤らめる。

「いつもそうやって、御首さまを抱いておるだか？」

「まあ、そんなもんだ。重いし腕は疲れるし、おまけにうるさくてよ」

「そりゃあ、お供も難儀だな。有難い御首さまを、晒して歩くのもどうかとも思うし。厨子でもあればよいのだが」

「厨子はないけれど、これはどう？」

凪が出したのは、薄藍に白い波模様を散らした布だった。

「ほら、こんなふうにゆるく包んで上で結ぶと、ちょうど御首さまが収まるでしょう？」

凪はオビトの代わりに、ちょうど同じくらいの大きさの壺を包んで、トサに見せる。

「へえ、これなら手に提げられるし、棒を通せば肩に担げるじゃねえか」

「布ごと振り回されては敵わぬな。とはいえ、目隠しがあるのはやはり有難い。生首の姿では、道行く者を驚かせてしまうからな」

「どうぞ、お持ちくださいまし」と、凪はオビトの前に布をさし出した。

「しかし見たところ、その布は絹であろう？　染めも美しく織りもしっかりしておる。さような上物を譲り受けるのは、気が引けるのう」

粗末な小屋や質素な暮らしには、そぐわない代物だ。この若い夫婦には、大事な宝かもしれない。それでも凪は、小さく首を横にふった。

「私にとっての宝は、夫でありこの子です。それより他には、何も要りません。どのみち、捨てるつもりでおりました」

オビトは改めて夫婦をながめ、ふと気づいた。櫂蔵はざっかけない田舎言葉で、いかにも漁師といった風情だが、凪にはどことなく品があり、言葉遣いも垢抜けている。

「もしや、おまえたちは……」

駆け落ち者ではないか――。その推測を吐く前に、大きな栄螺を口に放り込まれ、噛み砕いた貝の身と一緒に喉の奥へと消えた。

「まあ、良いか。いまが幸いなら、何よりだ」

赤ん坊を挟んだ夫婦は、この上なく幸せそうで、オビトの口許にも笑みが上った。

大きな泣き声で、トサは眠りから引きずり出された。

傍ら(かたわ)で赤子が力いっぱい泣いており、思わず顔をしかめる。

「どうした？　また、腹がすいたのか？　母ちゃんに乳をもらって早く寝ろ」

まだ真夜中であるようで、小屋の中は真っ暗だ。暗闇の中から、オビトの声がした。

「トサ、ようやく起きたか。櫂蔵と凪は、小屋の外におるようでな、迎えにいってはくれぬか。しばし我慢をしておったが、さすがに汐が可哀そうでな」

かなり前から目を覚ましていたらしく、オビトは疲れた調子でトサに乞(こ)う。目をこすりながら起き出して、小屋の口にかかった筵をめくった。

「え……何だ、これ？　どうなっている？」

空に月はないのに、満月のように辺りは明るい。皓々(こうこう)とした光を浴(あ)びて、白い砂もまた淡い光を帯びていた。たとえようもなく美しい景色であったが、トサが驚いたのは別のことだ。

「海が、ない……あの果てのない池が、どっかに行っちまった」

目が届く限り、白い砂浜が続いていた。白砂の先には波も海もなく、果ては闇に沈んで見通せない。

「海がない、だと？　引き潮ということか？」

「知らねえよ。ただ、気味が悪いほど静かだ……波の音が、きこえねえ」

オビトがはっとして、外を見せろと声を張った。トサがオビトを抱えて外に出る。オビトもまた、一変した浜辺をながめて、しばし茫然とした。

「これは、引き潮なぞではない……。よもや、まさか……トサ！　浜の向こうの沖に目を凝らせ！　何か見えぬか？」

遠目にかけては自信がある。言われたとおり、浜の先の闇をじっと見詰めた。

「何か、動いた……浜の、ずっと先だ。何だ、あれ、壁か？　大きな壁が、こっちに迫ってくる」

「まずい、津波だ！　逃げろ、トサ！」

高い場所へ、ひとまず西の山を目指せと、オビトは大声で叱咤する。

「汐も、あの赤ん坊も助けねば。一刻を争うというのに、櫂蔵と凪はいったいどこへ行ったのだ！」

「あっ、見つけた！　ほら、あそこに！」

白い浜を沖の方へ向かった先に、並んで座る夫婦の姿が、影のように映じた。まるで月を愛でてでもいるように、ふたつの影は寄り添い、妻は夫の肩に頭を預けていた。

「おいっ、あの高波が見えぬのか！　早う逃げねば、波に呑まれてしまうぞ！」

オビトが必死に叫んでも、ふたりの影は動かない。波の壁は、すでにふたりのすぐ傍まで迫っている。気づいていないはずはない。

何を考える間もなく、足が動いた。櫂蔵と凪に向かって、トサは駆け出した。

しかしそのとき、凪がこちらをふり返った。

『坊やを、汐を——お願い』

呟くような声なのに、どうしてだかトサの耳許で、鮮やかに響いた。

自ずと足が止まり、茫然と夫婦をながめる。

凪の声は、オビトにも届いたようだ。オビトが即座に命じる。

「トサ、小屋に戻って、赤子とわしを抱いて山へと走れ！　おまえの足なら、間に合うかもしれん」

「波と駆けくらべをしろってのか？　両腕に荷を抱いて？」

「そうだ。負ければ三人ともにお陀仏だ。いざとなれば、わしには構うな。そのかわり、汐だけは決して離すな！」

走れ！　とオビトに叱咤され、トサは逆の方角に走り出した。向きを変える瞬間、櫂蔵と凪の影が、高波の壁に呑み込まれるさまを目の端に捉えた。残像をふり切るように、ぎゅっとひとたび目を瞑り、後はオビトの声のとおりに従った。

小屋に駆け込み、オビトを波模様の布にくるんで結び目を左腕に通す。未だ泣き続けている赤ん坊を両腕に抱いて、後は一目散に西の山を目指した。

背後に波の音が迫る。水というより崩れ落ちる土砂のような腹に響く音であったが、トサは一度もふり返らずに駆け続けた。山の麓に達し、樹木のあいだを駆け上がる。暗いだけに道すらわからなかったが、幸いにも夜目は効く。ただがむしゃらに、上を目指して足を止めなかった。それでも、波には敵わなかった。

「トサ！　その子を守れ！」

最後にきいたのは、オビトの声だった。後ろから襲いかかる波にからだごと引き戻されて、大量の塩水が口から流れ込む。それでも、ふよふよと頼りない赤子を、両手でしっかりと抱きかかえ、離さなかった。

『坊やを、汐を――お願い』

気を失う刹那、凪の声が、水底からふたたびきこえた。


「おい、坊主、しっかりしろ。目を開けろ！」

トサが重いまぶたをもち上げると、見知らぬ男が真上から覗いていた。オビトより年嵩に見え、漁師姿だった。

「おお、気がついたか。こんなところに倒れておるから、死人かと思ったぞ」

まだ頭がはっきりしないが、むくりと身を起こす。首を回して、周囲を確かめた。

ふたつの高い岬に挟まれた、扇形の浜と海。見知った景色のはずなのに、どこか違う。

ふと、二本の脚の下に敷いた砂の感触に気づいた。

「なんだ、この砂……白くもねえし、ずいぶんと粗い」

あれほど白かった砂は茶色くくすみ、手触りもまったく違う。右手で砂をすくいながら、ようやく思い出した。

「おっさんと、赤ん坊は？　この近くに、いなかったか？」

「おれが見つけたのは、おめえだけだが、他に連れがおったのか？」

「一緒に津波とやらに、呑まれたんだ……櫂蔵と凪は、壁みてえにでかい波にさらわれて、おれたち三人も……」

話の途中から、相手の顔色が明らかに変わった。すうっと血の気が引いて、昼間に幽霊を見たように青ざめる。

「……櫂蔵と、凪だと？」

「うん。おっさんも、あの夫婦を知っているのか？」

「馬鹿こくでね！　この悪童が、わしを脅かすつもりか！」

怒鳴られて、きょとんとする。漁師の顔には、怯えが濃く張りついていた。

「その夫婦の名は、ここらの漁師なら誰でも知っとる。機嫌を損じると祟られる、恐ろしい神としてな。ほれ、あそこに祀られておる」

夫婦の小屋があった辺りを、漁師が指さす。立っていたのは、小さなお堂だった。

「かれこれ、五、六十年ほど前ときくが、この入江には昔、波鳥村があってな。その網元の娘が、凪といったんだ」

漁師は堂にまつわる、古い伝えを語り出した。

凪には良縁が仕度されていたが、村の貧しい漁師であった櫂蔵と惚れ合って駆け落ちした。一年ほどは逃げ果せたが、じきに連れ戻され、そのときにはすでに子供をなしていた。怒り狂った父親は、村の者に櫂蔵を殺させ、悲嘆にくれた凪もまた、その場で自害した。

それから数刻、若い夫婦の流した血が、未だ乾ききっていない頃だった。

これまで見たこともないほどの津波が押し寄せて、波鳥村の一切を、まるで奪うように根こそぎもぎとって、海の彼方へと消し去った――。

「ここは良い入江だで、住み着いた者もおるのだが、漁に出ると、必ず海にさらわれて命を落とす。凪と櫂蔵の呪いが、しみついておると言われてな。いまでは誰も寄りつかん」

「じゃあ、おっさんはどうしてここに？」

「五年ほど前だったか、旅の法師さまが立ち寄られてな。あのお堂を建ててくだされた。夫婦の御霊を鎮め、『波鳥の国』で穏やかに過ごせるようにとな」

「波鳥の国？」

「凪と櫂蔵の夫婦が、あの世で穏やかに暮らす国だと、法師さまは言ってただ」

トサとオビトが見たのは、その波鳥の国だろうか。

真夜中でも皓々と浮かび上がる、美しい白砂の浜辺。貧しくとも食うには困らず、粗末な小屋には家族の情が満ちていた。

「あの堂も、波鳥堂と呼ばれておるだ。尊んでおれば、わしら漁師を守ってくださる」

沖を舟で通る漁師は、必ずこの堂に寄って、手を合わせるのが慣いとなっているという。

「おらもそのために、この浜に来ただ。拝んでくっから、ちょっくら待っとれ」

漁師はその場にトサを残し、堂へと向かった。砂を蹴る足音が消えると、案外近くで、トサを呼ぶ声がする。

「おおい、トサ、ここだ！　わしはここにおるぞ、早う助けてくれ」

声のする方をふり返ると、見覚えのある、薄藍に波模様の布が目にとまった。布ごと砂に半分埋まったオビトを引っ張り出し、砂の上に首を立ててやる。やれやれと、オビトは大きく息をついた。

「頭の上下が逆さまになっておってな。おかげで息はできたものの、血が上って敵わんかったわ。まあ、おかげで、面白い話をきくことができたが」

「おっさん、そんなことより、赤ん坊を探さねえと！　あいつもきっと、浜のどこかに半分埋まっているかもしれねえ」

「まあ、待て、トサ。五、六十年も前の話だと、あの漁師が言っておったろう。あの赤子もまた、わしらの見た幻のようなものだ」

「そんなはずはない！　おれはこの腕に抱いたんだぞ！　ふよふよして頼りなくて、でも見かけよりも存外重くて……あれが幻なんて、そんな……」

たしかに存在した感触を確かめるように、トサは己の両手をじっと見る。そのようすに、オビトは安堵の表情を浮かべた。

「小さき者を守ろうとする心が、おまえの中にはあるのだな。良い心掛けだ、トサ」

「気持ちがあったって、守れねえなら、ないと同じだ！」

「そんなことはない。たしかにな、人ひとりができることなぞ、ほんのわずかだが……わずかを合わせれば、大きな力になる。あの堂のようにな」

小屋があった場所に立つ波鳥堂は、オビトの低い位置からも屋根だけが見えた。法師の呼びかけで、多くの人の力が合わさって、あの堂が建てられたのだ。

「それにな、トサ、わしらはとうに赤子の無事を確かめておるやもしれん。あの赤子の耳を、覚えておらぬか？　汐の右の耳たぶに、大きな黒子があったのだ」

「ああ、そういやあ……黒い耳飾りみてえだなって」

「わしらが昨日会った法師にも、右耳に同じ黒子があったぞ」

「えっ！　まさか……あの赤ん坊が、いきなりあんな年寄りになっちまったってのか？」

そうではないと、オビトが説く。漁師の話では、悲劇が起きたのは五、六十年も前のことだ。当時、赤ん坊だった汐が、津波を免れて生き延びていたとしたら、あの法師と同じ年格好になり得よう。

自らの出自を知ってか知らずか、波鳥堂を建てたのも、あの法師かもしれない。

「あの赤ん坊が、あんなジジイになるなんて……」

違う意味で、トサはがっくりする。オビトはトサに頼んで、顔を海側に向けさせた。

「きっとおまえのように、必死で赤子を守ってくれた者がおったのだ。凪の最後の願いは、成就した。そう思えば、よいではないか」

『坊やを、汐を――お願い』

やはり堂を拝みにきたのか、沖の方から、別の舟が近づいてきた。

凪いだ海から汐の匂いがして、櫂の音がのどかに響いた。

第3話

碧青の国

森を抜けたとき、その少女が立っていた。

背格好は、トサと同じくらい。たぶん歳(とし)もそう変わらない。なのに、金縛りにあったように、からだがしゃちこばった。

「あんた、誰？」

「おれ……トサ」

何故(なぜ)だか片言になる。口が固まって、うまく動いてくれない。

抜けるように白い肌と赤い唇。瞳の色が薄く、光の加減か、少し青みがかって見える。

「人形みてえだ……」と、口の中で呟(つぶや)いた。

目が吸い寄せられて、どうしても離れない。相手もまた、穴があきそうになるほどトサを見つめ返す。からだは固まったままなのに、胸だけがばくばくと忙(せわ)しなく、息が苦しくなってくる。

「余所者(よそもの)、だよね？　どっから入ってきたの？」

どこから来た、ではなく、入ってきたとは妙な言い回しだ。こたえようとしたが、うまくいかない。大きく息を吐き出して、ようやくまともに声が出た。

「どこって……この森を抜けたら、ここに着いた」

背後の森を、親指で示す。思いのほかに深い森で、早朝からまる一日、歩き通しだった。すでに日は、西の山への帰り仕度を始めていた。

「嘘！　だって森の向こうは崖だもの。あんな崖、誰も越えられないよ！」

「嘘じゃねえよ！　おれたちはたしかに、あの森を通ってきたんだ！」

「おれ、たち？　誰か、他にもいるの？」

こたえに窮した。肩に背負っている生首が、旅の相方だとは言いづらい。

「御首さまって、知ってるか？」

「おんくびさま？　ううん、知らない」

「そうか、知らねえか……だったら、会わせねえ方がいいかな」

知らない者にとっては、しゃべる生首なぞ物の怪と変わりない。叫びざま逃げ出されるのが相場で、この少女に同じあつかいを受けるのは嫌だった。

「とりあえず、いまはおれひとりだ。それより、ここはどこなんだ？」

「碧青の国。ここからすべてが見渡せるほど、小さな国」

来て、と少女が踵を返して駆け出した。慌てて後を追うと、ほどなく小高い丘に出た。

「ほら、見えるでしょ、これが碧青の国」

国というにはあまりに狭い。ひとつの村ほどしかない、小さな集落だった。

ただ奇妙なのは、この小さな国が外界と切り離されていることだ。

熟れた実のような夕日が射す西から東にかけて、ぐるりと半円を描いて高い石垣が築かれていた。

「あの壁は、何だ？」

「碧青垣って呼ばれてる。碧青さまを守るための壁だというけど……あたしたちを閉じ込めるための牢かもしれない」

「閉じ込める？　あおさまって、いったい……」

「いけない、伏せて！」

わけはわからないが、素早く身を伏せる。丈の長い雑草が、ふたりの姿を隠してくれる。腹ばいの姿勢で、ずりずりと前に進む。トサもそれにならった。

「見つからないよう、そうっとね」

小声にうなずいて、目の前の草をかき分けた。

いまいる丘の真下、ふもとの辺りから、ぞろぞろと大勢の者たちが出てくる。男も女もいて、手には鍬や大槌、もっこなどを抱え、疲れきった足取りで集落の方角へと去っていく。

「あたしもね、年が明けて十四になったら、ああして毎日、碧青さまを掘り出しにいくの」

「掘り出す?」

「碧青さまはね、この国でしか採れない石なの。掘り出したときは青みがかった白っぽい石に過ぎないけど、磨けば深い青の宝玉になって、都ではとても高く売れるそうなの」

土地がやせて、ろくな作物が育たないこの土地では、唯一の産物であるという。

へええ、と話をききながら、遠目の利くトサは別のことに気づいた。

土や泥にまみれていたが、少女と同様に、誰もがひどく肌が白い。半裸の男ですら、背中が眩しく映るほどだ。この国の民の血筋だろうか。つい、となりに目を向けた。

思いがけず間近に顔があり、しかもこちらを見ている。急いで顔を戻したが、頬がかっと熱くなった。

「トサは本当に、遠くから来たんだね。だって碧青の国には、浅黒い肌の者なんてひとりもいないもの」

「わ、悪かったな、浅黒くて」

「悪くなぞないよ、うらやましい。トサはまるで、お日さまを背負ってるみたいだ」

顔の熱が頭にまで達して、冷や汗だか脂汗だかが頭の天辺からふき出してくる。

「ね、トサは、色々な国を見てきたの？」

「まあな……あちこち旅をしてるから」

「すごい！　だったら、今日はうちに泊まって。ほら、あそこに見えるのが、あたしの家。他に誰もいないから気兼ねはいらないし、旅の話をきかせてほしいの」

「誰もいないのは、まずくねえか？　親や兄弟はいねえのか？」

「お父もお母も、死んじゃった。兄弟もいないし、あたしひとり」

そのときだけは、少し寂しそうに吐息をついた。父親は二年前、母親も去年亡くしたという。

「そっか、ひとりか。おれと同じだな」

「さっきの、おんくびさまだっけ？　その人は身内じゃないの？」

「身内なぞとんでもねえ、あれは旅先で出会った、ただの道連れだ」

腹ばいになったとき、邪魔だから後ろに置いてきた。草に隠れて見えない包みを、ちらりとふり返る。

「さまがつくから、神主さまみたいなものかなって。碧青の国にもいるよ。碧青さまの神主だけど」

「うーん、神主というより、もっと奇っ怪だな。知っている者にはえらく有難がられるが、初めての者には、気味が悪いからな」

「そんなにめずらしい姿なの？　会ってみたい！」

　それなら、と身を起こそうとしたが、少女に止められる。日は山懐に沈み、すでに人影は見えなくなっていたが、闇が降りてくるまで待てという。

「余所者だと知れたら、碧青さまを盗みにきたと思われて、壁の外にたたき出される。あそこに、門が見えるでしょ？　昼も夜も門番がいて、人が出入りせぬよう見張ってるの」

　半円の石垣の真ん中辺り、南側に、屋根を載せた大きな門が構えられ、番人らしき者が数人立っていた。外へと繋がる唯一の出入口であり、貴石が積み出され、食料や道具が運び込まれるが、人の出入りは一切禁じられていた。

　碧青垣が立てられていない北側の山中には、垣根と同様、半円の形に、深い崖がぱっくりと口を開けている。この碧青の国は、陸の孤島も同然だという。

「だからどうやってトサが入ってきたのか、不思議でならなくて」

「森を抜けるには難儀したが、崖なんてどこにもなかったぞ」

「もしかして、おんくびさまは神通力を使えるの？」

「いや、そんなはずは……」

と言いながら、少々引っかかることはあった。

丘の上から、国を見下ろす。国というより、やはり村だ。碧青垣に囲まれた半円の低地に、板葺きの屋根を載せた粗末な民家が点在していた。

「ええと、おめえの家、どこだっけ？」

「山に近い碧青垣のきわに、大きな欅があるの、わかる？」

少女の細く白い指は、村の東側を指差す。

「片腕だけを石垣に伸ばしているように見える、あれか？」

「そう、その木。あれは左手の欅って呼ばれてる。欅からいちばん近いところにあるのが、あたしの家」

「わかった。だったら、おまえは先に家に戻れ。おれは相方を連れて、暗くなってから訪ねていく。その方が人目につかねえし」

「本当に、後で来てくれる？」

「うん、必ず」

かっきりとうなずくと、表情がゆるんだ。念のため、格子の窓に白い布を巻いておくから、目印にするようにと告げられた。

「それじゃあ、トサ、後でね。きっとだよ」

「あ、あのよ……」

駆け出そうとした少女がふり向いた。

「おめえの名……きいてなかったな、って……」

声が尻すぼみになり、もじもじする。ばつの悪いことこの上ない。少女もまた、初めて気づいた顔をした。

「あたしは、くう」

「え……ふう？」

ばくん、と胸が鳴った。おふう、という、たったひとつ覚えている名に似ていたからだ。

「ふうじゃなく、くう。おくうというの」

にっこりされて、また胸が変な音を立てる。今度は、ばくんではなく違う音だ。

「トサ、後で必ず来てね。約束だよ！」

おう、と返し、丘を駆け下りていく背中を見送った。東から闇が降りてくる中、豆粒ほどになった姿が、家に辿り着くまで見届ける。

それからおもむろに、草むらに置きっ放しにしてあった包みを開いた。息が苦しくならないよう、包みの四方に孔をあけて結わえている。

「おっさん、起きてるか？」

オビトを、目の高さに掲げる。髭面の首は、にんまりと笑った。

「きこえておったぞ、トサ。ずいぶんと楽しそうであったな」

「何だ、そのにやけ顔は？」

「てれるなてれるな。あの娘に惚れたのであろう？　いやあ、よりにもよって、おまえが恋とはなあ……実に初々しい」

「てんめえ！　それ以上しゃべったら、こっからふもとに放り投げるぞ！」

首を載せた右手を、大きくふり上げる。

「わかった、わかった。もう茶化さぬから、勘弁しろ」

「ったく、人にさんざっぱら心配かけて、目を覚ましたとたんにこれだ」

草にどっかと胡坐をかいて、首を膝に置いた。

「心配、だと？」

「ああ、おっさん、今朝のこと、どこまで覚えてる？」

オビトは少し考える顔になる。

「山道に入った辺りまでは覚えている。それから急に眠気がさして……妙だな、昨夜はぐっすり眠ったというに。さっき、おまえと娘の声で、目が覚めた」

「やっぱりおっさんは、何も覚えていねえんだな」

トサはため息をついて、この国に辿り着いた経緯を語った。

トサは今朝、別の国への近道だと教えられ、林を通る山道に入った。しかしほどなく道は途切れ、林はいつの間にか深い森になっていた。空は晴れているのに、梢にさえぎられて光が届かない。いつものオビトなら、戻れと忠告したかもしれない。しかし肩に背負った荷をほどき、中を覗いてみると、オビトは眠っていた。日頃は大鼾をかき、昼間以上にうるさいほどだ。ひやりとして鼻の下に指をかざすと、ちゃんと息がもれてきた。安堵はしたが、叩いても怒鳴っても目を覚まさない。こんなふうに眠っていると本当に死人の生首のようで、急に怖くなった。オビトを背負い直して、あとはひたすら南を目指した。

トサにとって、森は住み慣れた家のようなものだ。思い出せる過去がひとつもなくとも、からだが覚えている。だからこそ、早く抜けろと頭のどこかが訴えかける。恐れているのは、熊や狼ではない。むしろ逆だった。その森には、獣や鳥の気配がなかった。

不安に押し潰されそうになりながら、ひたすら前へと歩を稼ぎ、昼飯はおろか一度も足を止めなかった。

深い森は唐突に途切れ、見晴らしのいい丘の草地に出た。そして目の前に、おくうが立っていた――。

「そうか、それはすまなかった。ずいぶんと心配をかけたのだな」

「ふん、心配なんぞするものか。ちっと薄っ気味が悪かっただけだ」

ぷい、とトサは横を向く。子供っぽい横顔に、丸一日、抱えていた不安が透けて見えた。

「つまりは不思議の森を通って、ここに着いたというわけだな？」

「おくうが言ってた崖なんて、どこにもなかった。眠っているあいだに、おっさんが神通力を使ったんじゃねえのか？」

「そんな覚えはまったくないが……ただ、嫌な夢を見た」

「嫌な夢？　って、どんな」

「気味の悪い夢だ……目が覚めると、忘れてしまったが」

こちらを見下ろす瞳から、視線を逸らした。

「なんだ、他愛のねえ。それより、おくうの前ではよけいな口を利くんじゃねえぞ」

心得た、とこたえて、オビトは景色が見たいとトサに乞うた。オビトを抱えて、トサは丘のとっつきに立つ。

夜の帳は国のほとんどを覆っていたが、碧青垣に沿って、点々と松明が焚かれている。

「謂れはわからんが……おまえとおくうが出会うために、我らはこの碧青の国に、導かれたのかもしれんな」

真面目に言ったのに、またぞろ馬鹿にされたと取られたようだ。オビトの額に、ごつんと拳骨がお見舞いされる。

文句をこぼす首を布に包み、右肩に担いで、トサは丘を駆け下りた。

「オビトと申す、よしなに頼む。いやあ、それにしても、何と別嬪な娘御か。いずれ嫁にする男は果報者だな、なあ、トサよ」

「てめえは言ったそばからべらべらと。口を塞いで黙らせてやる」

トサは包んでいた布を口に突っ込んで、無理やりにオビトを黙らせる。

生首男に、おくうはさすがに驚いたようだが、ふたりのやりとりに和(なご)んだのか、ころころと笑い出す。

「他所(よそ)の国には、こんなめずらしいものがたくさんあるんだね」

「いや、たくさんはねえけどよ」

晩飯は、思った以上に豪勢(ごうせい)だった。牛蒡(ごぼう)や大根がたっぷり入った汁に、焼いた雉肉(きじにく)までついている。しかし何よりも喜んだのは、椀(わん)に盛られた飯だった。

「うめえ！　何だこれ！　こんな旨(うま)いもの、初めて食った」

白米だけの飯を、初めて口にしたトサは大興奮だ。炊(た)き立ての飯はふくいくとした香(か)を放ち、口に入れるとほのかに甘い。これまで立ち寄った村々では、飯といえば、稗(ひえ)や粟(あわ)などの雑穀(ざっこく)ばかりだった。

「この国では、いつもこのような白米を食うておるのか？」

「ううん、米は月に二、三度。いつもは粟飯だけど、今日はふたりが来てくれたから。いっぱい炊いたから、たんと食べてね」

「田畑はほとんどなく、穀物も菜(さい)も外から運ばれているのだろう？　碧青の石は、よほど高く売れるようだな」

さすがに、米を粗末にするのは気がひける。オビトはトサに一口だけ所望して、大事そうに飯を咀嚼する。食べた飯は、直ちに首の下から出てしまった。おくうはそれを見て、さらに笑う。

「こんな楽しい夕餉は久しぶり。お母が死んでから、ずっと独りだったから」

「たしかに、せっかくの馳走も、独りで食うのは味気なかろう。子供ならなおさらだ。不用心でもあるし、どこかの家に寄せてもらってはどうか？」

オビトの言に、おくうはうっすらと笑って首を横にふった。

「親が早死にするのは、あたしに限ったことじゃないから」

「どういうことだ？」

「この国の者は、誰も四十まで生きられない。みんな三十半ばで死んでいくの」

「何だと！　それはまことか？」

オビトがとたんに気色ばむ。おくうはうつむいて、こくりとうなずく。

「そうか……山から出てきた連中を見たとき、妙な気がした。いま思えば、年寄りがひとりもいねえからだ」

その誰もが、おくうのように色が白かったと、トサが説く。オビトはしばし黙考し、やおら口を開いた。

「もしや、早死にの因は、碧青石ではないのか？」

え、とおくうが目を見張る。

「鉛や硫黄を掘る山では、しばしば似たような病を生じて、早死にする者が多いとく。ここの碧青石にも、人のからだを蝕む何かが、含まれているのではないか？」

何か思い当たることがあるようだ。ぶるっとおくうが身震いする。

「……お父とお母は死ぬ間際、赤黒い斑模様がからだ中に浮き出して、死んじまったの。あたし、恐ろしくて悲しくて……でも、どうにもできなかった」

両親の死に際を思い出したのか、胸の前で両手をきつく握りしめる。

碧青の国の民は、例外なく同じ病を発して死に至るという。

「おくうも年が明けたら、碧青の山で働くと言ってたよな？　やがては同じ病にかかって、死んじまうってことか？」

粗野で乱暴で、他人への気遣いなど見せないトサが、我が事のようにうろたえる。

「それが、碧青の民の定めだと……お母の葬式で、神主さまからきかされた」

「定めだと？　そんなもの、くそくらえだ！」

板張りの床に、拳を叩きつける。それから、きっ、と顔を上げた。

「おくう、この国から逃げよう。おれたちと一緒に、旅に出よう」

「え……あたしを、一緒に?」

「わしも、それが良いと思う。いかに国の掟といえど、おまえは年端のいかない娘だ。我儘を通しても、許されるのではないか?」

「でも……この国から外に出たら、あたしたち碧青の民は生きてはいけないと、神主さまが……」

「それも、おまえたちを山に縛りつけるための、いわば作為られた迷信ではないのか?」

オビトは熱心に説いたが、おくうは未だ尻込みが先に立つようだ。瞳がうろうろとさまよう。それもまた、無理からぬことだ。

たとえ迷信であろうと、これまで固く信じてきたものは、容易には覆せない。紛い物であったとしても、礎としてその上に根を張っていたのだ。いきなり外されては倒れてしまう。それでも、この娘を共に連れていきたいと、オビトは強く願った。

それは、トサのためだ。この娘が傍にいれば、トサは変わることができる。おくうはきっと、良い方にトサを導いてくれる。

むろん、無理強いするつもりはないが、生首たる己にすら興味を示すおくうなら、きっと旅暮らしを楽しむことができる。鉱山の奥で儚い命を費やすよりも、よほど人聞らしく生きることができよう。

「すぐにこたえを出さずともよい。じっくりと考えて……」

説き伏せていたオビトを、トサが身振りでさえぎった。口の前に、指を立てる。

「しっ！　誰か来る！」

たしかに三、四人の足音が、近づいてくる。おくうが白布を巻きつけていた明かりとりの窓から、外を覗き込む。

「あれは、神主さまだ！　ふたりがいるって知れちまったのかな？」

「トサ、とりあえず隠れろ」

「隠れるって、どこに？」

「土間から、床下に入って。早く！」

板張りの床は、土間より一段高い。トサはオビトを抱えて土間に下り、鼠を追う猫のように素早く床下に潜り込んだ。囲炉裏のまわりを大急ぎで片づけているのか、床上から慌しい音が響き、ほどなく、ほとほとと戸を叩く音がした。

「はあい、こんな夜更けに、どなたですか」

わざと呑気な声で、おくうが応ずる。

「おくう、神主さまよりご託宣だ」

男の声が、戸を開けるよう促す。託宣との仰々しい言葉が不安を呼んだのか、おくうは小さな声で返事をして、用心のためにかっていた心張棒を外す。戸が開き、三人の者が中に入ってきた。

床下から、脚だけが見える。いずれもおくうと同様に、細い大根のように真っ白な脚だ。ふたりは男のようで、おつきの者だろう。もうひとりは長衣を着ていたが、板間に上がるときに脛が覗き、女だと察せられた。

三人が板間に上がり、やがてきこえてきた厳かな声は、やはり女のものだった。

「おくう、心してきけ。畏れ多くも、碧青さまの嫁として、おまえがえらばれた」

おくうは、何も返さない。それでも、託宣が下りた瞬間、空気が凍りついたように感じられた。おつきの男が、小声で返礼を命じた。

「つ、謹んで……お受けいたします……」

おくうの声は、これ以上ないほど悲しげだった。

「嫁入りは、三日の後。明日の朝、迎えを寄越す。仕度や禊がある故、嫁入りまでは社にて寝泊まりするように」

別の男の声が仔細を説き、おくうがか細い声で諾とこたえる。女神主もおつきの男たちも、声に抑揚がなく、冷たい響きだった。床下にまで、寒気が忍び寄るようだ。

やがて三人が出ていき、足音が十分に遠ざかるのを待って、トサはオビトを抱えて床下から這い出た。おくうは惚けたように、囲炉裏に燃え残った熾火をながめている。

「おくう、いまのは何だ？　碧青さまの嫁って、どういうことだ？」

口を開いたが声は出ず、かわりに瞳から涙があふれた。

「泣いてねえで、こたえろ、おくう！」

「こら、トサ、少し落ち着け。……もしや、人柱のたぐいではないのか？」

「人柱……って何だよ？」

「神に捧げる、いわば贄だ。大昔の慣わしだが、土地によっては未だに残っておる。さしずめ鉱山を鎮めるための、しきたりではないか？」

昔は、橋や堤、城などを築くのは難事で、人死にも多かった。神に祈るより他になく、その捧げものとして、水中や土中に人間を埋めて柱とした。

「わからない……でも、たぶん、オビトの言うとおり……碧青さまの嫁になった者は、鉱山の奥深くに連れていかれて、二度と戻れないって」

十三に達した娘は、秋の終わりに碧青の神殿に集められる。神殿は鉱山の入口に近い場所、山のふもとに築かれており、代々女神主が守っていた。

おくうもまた、二十人ほどの娘とともに神殿に招かれ、神酒を馳走になったという。

「碧青への嫁入りは、毎年のように行われるのか?」

「違う。たしか、この前のお嫁入りは、あたしがうんと小さい頃……七、八年は前だったと思う。お母が若い頃は、五年置きくらいにお嫁入りがあったって」

「妙だな……神事でありながら、年が定まっておらんのか」

だからこそなおのこと、ふいの託宣が不運に思えたのだろう。おくうは激しく泣きじゃくった。

「もう泣くな、おくう。いもしねえ神のために、人柱なぞにさせてたまるか。おれたちと一緒に、今夜のうちに国を抜けよう」

嗚咽を堪えながら、でも、とおくうは力なく告げる。

「あたしが逃げたら、同じ年頃の娘が身代わりにされる。それに、碧青さまの嫁になることで、国の皆が救われる。あたしが逃げれば、国中に禍が降るかもしれない……」

「禍なぞ、いくらでも降りゃあいい! 皆のためにひとりを見捨てるなら、ひとりのために皆を見捨てたって構やしねえ! そういう理屈だろうが」

トサの叫びは、思いがけずオビトの胸に深く響いた。

理屈としては無茶苦茶だ。たったひとりのために国が滅びるなど、あってはならないと誰もが言うだろう。それでも、数を頼りによってたかって誰かに犠牲を強いるなら、力の限りに抗ったとて罰は当たらない。それ以上に、人柱なぞという時代遅れの悪しき風習には賛同できない。

「おくう、わしからも頼む。わしらとともに、ここを出よう」

トサとオビトの真剣な眼差しを、おくうが受けとめる。

「でも、どうやって……？　碧青垣も崖も、とても越えられない」

「そこは任せておけ。わしの知恵とトサの敏捷さがあれば、どうとでもなる。まずは、下見に行かねばな。おくう、案内を頼めるか」

おくうは涙を拭いて、しっかりとうなずいた。その顔からは、迷いが消えていた。

「この森を抜けることができれば、いちばん楽なのだがな」

まず三人は、碧青山の方角に向かった。山のふもとに坑道への口があり、トサとおくうがいた丘は、少し高みにせり出していた。その背後に山が控えており、稜線は緩やかながら、濃い緑の髭を生やしたように森は深い。

「おっさんはまた、眠っちまうんじゃないか？」

たいそう難儀した森だけに、トサは嫌そうな顔をしたが、背に腹は替えられない。

しかし懸念とは裏腹に、さほど歩かぬうちに道は途切れた。

「信じられねえ……こいつは見事に崖じゃねえか」

谷底は真っ暗で、何も見えない。トサはためしに小石を落としてみた。見当より間があいた後に、下に届いたかすかな音がした。向こう側まではかなりの幅で、ぱっくりと裂けたこの崖が、国の半分と外界を隔てているという。

「おっかしいなあ、こんな崖、越えた覚えはねえのにな」

「ともあれ、こうなればあとは、石垣を越えるしかなさそうだな」

ひとまず山を下りて、おくうの家へと戻る。中には入らず、家からほど近い石垣を見上げた。青みを帯びた石の壁は、こうして間近で見ると、そびえるような高さがある。高さはおよそ三十尺ほどもあろうか。大柄な男の背丈が六尺だから、その五倍ほどにもなる。

まるで東北の崖を、逆さにして現出させたように、石の壁は垂直に切り立っていた。

「ううむ、思った以上に堅固な造りだな」

「おれひとりなら、どうにかなるかもしれねえ。ちっとようす見に、登ってみるか」

トサはぺぺっと両手に唾を吐きかけたが、おくうが慌てて止める。

「駄目！　碧青垣の上の方には、綱が廻らされているの。触れれば門番の詰め所にある鈴が、音を立てる仕掛けなの」

田んぼの鳥除けさながらに、門番詰め所の鈴が派手な音をたてるという。

「いわば鳴子ということか。それは厄介な」

「でもよ、鳥や鼠が綱を揺らすことだって、あるんじゃねえか？」

トサの思いつきに、おくうは首を横にふる。

「碧青石には、鳥も獣も虫も寄りつかないの。虫除けに重宝されるほどだって」

「虫も寄らぬとは面妖な。こう申しては何だが、少々気味が悪いな」

オビトは顔をしかめたが、夜目が利くトサは、じっと青い石垣を見上げている。

「やっぱりおれ、ちょっと登ってみる」

「これ、トサ、軽はずみな真似はやめぬか」

「綱にかからなきゃいいんだろ。へまはしねえよ」

石垣のわずかな隙間に、手足の指先を引っかけながら、トサは守宮のような恰好で石を這いながら上へと登っていく。途中で何度もずるりと足がすべり、オビトは喉の奥で悲鳴をあげたが、何とかもちこたえ、石垣の八分ほどまで達した。

しばらくその場に留まったのは、鳴子の仕掛けを確かめているのだろう。

身軽が身上のトサでも、辿り着くまで相応に時がかかり、下りるにはさらに時を要した。

ひとまず家に戻って、囲炉裏端で首尾をたずねる。

「どうだ、トサ。やはり鳴子綱は、張られていたか？」

「うん、石垣の天辺のすぐ下に、細綱が二本通してあった。あれに触れずに登るのは、まず無理だな」

「手足の先が真っ赤だよ、トサ。あちこち擦り傷もできてるし……」

「た、たいしたこたねえよ。こんなの傷のうちに入らねえ」

おくうに手をとられ、どぎまぎしながらトサはその手を引っ込める。耳や頬は、手指の先より真っ赤になっていた。

微笑ましく眺めながらも、オビトの口からため息が漏れた。

「おまえがこれほど手こずるとは、やはり難儀な代物のようだな。たとえ鳴子にかかっても、トサひとりならどうにか抜け出せよう。しかしおくうを連れてとなると……」

「できるさ！　おくうを背負って、おれが登る」

「無茶を言うな。石垣の半ばで手指がしびれて、ふたりそろって落ちてしまうぞ」

　実際に登って、いかに難儀か身にしみている。トサはふくれっ面をしたものの、言い返さなかった。おくうの肩が、しょんぼりと落ちた。

「もう、いいよ……碧青さまの嫁になっても、別に死ぬわけじゃないし」

「嫁は駄目だ！　諦めるな、おくう！　たとえ指がちぎれたって構わねえ。おめえをこっから逃がしてやる」

「トサ……」

「わしも同じ気持ちだぞ。虫すら寄らぬ石なぞ、やはりおかしい。おまえはここを出るべきだ」

　オビトの力強い言葉に、おくうは泣き笑いの顔になった。

「せめて半分だけでも梯子があればなあ。残り半分なら、おくうを背負って何とかなりそうなのに」

「なりそうではいかんぞ、トサ。上から落ちたら、ひとたまりもない。しかし梯子か……おくう、梯子はあるか？」

「鉱山にはあるけど、うちには……」

「ならば作ろう。竹竿と長縄はないか？」

「竹なら山に入ればいくらでも。縄も納屋にたくさんあるよ。お父やお母がいた頃は、鉱山で使う縄梯子やもっこを作っていたから」

「縄梯子ともっこか。よし、それも使おう」

「でも、鳴子はどうするの？」

「その鳴子を、逆手にとろうと思うてな」

オビトはにやりとし、ふたりに向かって策を語った。

「もうひとつ入用なのだが、碧青垣の色に馴染む、細綱はなかろうか？」

「青い綱なんて、腰紐くらいしか……」

「それでは長さが足りぬ。繋げてもよいから、垣の高さの倍はほしい」

少し考えて、それなら、とおくうは代わりになりそうなものを思いついた。

トサとおくうは、それから懸命に働いた。鉈を手に山に入り、太く長い竹を二本と、それより細い竹を何本か抱えてきた。長竹に等間隔に刻みを入れて、段になる竹を横に挟み、麻縄で縛りつける。

竹は育ちが良ければ、石垣をゆうに超える高さとなるが、あまりに長いと子供ふたりでは据えることができず、また梯子に仕立てるにも時が足りない。オビトはその按配を見極めて、碧青垣の七分ほどの長さにした。

縄梯子はそのまま使うが、もっこは解いて太い綱に仕立てさせた。

「大丈夫か、おくう。そこはおれがやるから、少し休め」

いつもは飽きっぽいトサが、不平のひとつもこぼすことなく、おくうを気遣う素振りさえ見せる。

「ありがとう、トサ。でも平気だよ。夜明け前に、仕上げないと」

おくうの笑顔は、トサにとっては何よりの励みになる。ふたりの頑張りのおかげで、どうにか夜中のうちに作業を終えた。

「よし、仕度は整った。これから手順を話すから、ようく頭に入れておけよ」

嚙みつきそうなほど真剣な表情で、子供たちがきき入る。念のため二度説いて、オビトはふたりに問うた。

「どうだ、やれそうか？」

唇を引き結び、ふたりが同時にうなずいた。


丑三つ時にかかる頃、深閑と寝静まった碧青の国が、突然騒がしくなった。

門脇の詰め所の中で、鳴子が音を立てて激しく揺れたのだ。

たちまち門脇の詰め所から、番人らが飛び出してきた。

「こっちだああ！　抜け人が出たぞおお！　早く来てくれえええ！」

門からそう遠くない、西南の方角から、オビトの野太い声があがる。

「碧青垣の西から、抜けた者がおる。早う捕まえてくれえ！」
六、七人いる門番たちは、直ちに松明を掲げて声のする方角に向かった。西の石垣に沿ってしばらく行くと、木に縛りつけられた太綱を見つけた。綱の端は、垣の向こう側に下ろされていて、これを引くと、拳大の石が括られている。
「しまった。すでに外に出たようだ。急げ、見失う前に取り押さえろ！」

いったん門に戻った番人たちは、門の潜戸を抜けて慌しく外に出ていき、西の方角へと走る。鳴子を鳴らしたのは、東側にいるトサだったが、オビトの声に釣られた番人たちは気づかない。

トサは碧青垣に、二本の竹で拵えた梯子を据えて、そこから先は自力で登った。そのときに鈴が鳴ったのだ。天辺までたどり着くと、縄梯子を自分のからだに絡げ、反対の端を垣の内に垂らした。

「いいぞ、おくう、おれが支えてるから登ってこい」

下に向かって、小声で告げる。トサの後ろから竹の梯子を登ってきたおくうが、縄梯子にとりついた。とたんにトサのからだが前にのめり、尻を落として懸命に足をふんばる。碧青垣は三尺ほどの厚みがあり、天辺の足場も相応の幅がある。おかげでどうにか、縄梯子を登るおくうを落とさずに済んだが、そのあいだ鈴はずっと鳴り続けていた。

門番たちがいつ方角を変えるかと、気が気ではなかったが、おくうがどうにか天辺に辿り着く。しかし、ほっと息をつく暇なぞない。

「よし、おくう、梯子を引っ張り上げるぞ」

竹の梯子には、あらかじめ縄をつけ、ふたりの腰にそれぞれ結んであった。それを引いて、ふたりで梯子を引っ張り上げて、壁の反対側に据えた。

「がんばれ、おくう、もう少しだ」

未だ荒い息をついていたおくうは、トサの励ましにこくりとうなずいた。

登ってきた時と同じことを、逆の向きにくり返す。おくうがトサの支える縄梯子を下りて、竹の梯子に足をかける。

しかしそのとたん、おくうを乗せた梯子の先端が石垣から離れた。しっかりと地面に据えていなかったために、片足が浮いて石垣から外れたのだ。

小さな悲鳴とともに梯子ごと、おくうのからだが落ちていく。

「おくう！」

何を考える間もなく、トサは石垣の天辺からとび降りていた。石垣からはじかれるように離れる梯子が、ひどくゆっくりに見える。その梯子の先にしがみつく、おくうに向かって手を伸ばす。手が届き、無我夢中でおくうのからだを抱え込む。真っ黒い地面は、すでに目の前に迫っている。咄嗟にくるりと向きを変えて、地面とおくうのあいだにからだを滑り込ませた。

バキバキバキ、と木の折れる音が耳許で響き、瞬きするほどのあいだ気を失っていた。はっと我に返ると、おくうはトサの腹の上で、ぐったりしている。

「おくう！　しっかりしろ、おくう！」

揺さぶりながら、必死で耳許で声をかけると、おくうは目を開けた。

「トサ……あたし、どうしたの？」

「梯子ごと、落ちちまったんだ。からだ、大丈夫か？　どこか痛めてねえか？」

折れたのは竹の梯子と、ふたりのからだを受けとめた藪の木だった。石垣の周囲は固い地面に覆われていたが、梯子の先にとりついたまま、周囲に広がる藪へと放り出されたようだ。擦り傷は拵えていたが、大きな怪我はないようで、トサは心の底から安堵した。

そのとき、南の方角から、数人の声と足音が近づいてきた。おそらく門番たちに相違ない。壁の西に抜け人が見当たらず、東にまわってみたのだろう。

「いけね、見つかっちまう。おくう、走れるか？」

うん、と返事して、トサが差し出した手を、しっかりと握る。

ひとまず門番と鉢合わせせぬよう、北東を目指して一目散に走った。

「オビトは、大丈夫かな？」

「案じることはねえよ。後で迎えにいってやるからな」

途中で疲れてしまったおくうを急（せ）き立てて、できるだけ遠くへ逃れる。

やがてふたりは、小さな川のほとりについた。水は澄んでいて、木陰もある。

「おくう、ここでしばらく休んでいろ。おれはひとっ走りして、おっさんを連れてくる」

「まだ、門番がいるかもしれないよ」

「おれが石垣の外を歩いてたって、咎（とが）められる謂れはねえよ。決してここを動くんじゃねえぞ。知らない者に声をかけられても、ついていくんじゃねえぞ」

「小さな子供じゃあるまいし。迂闊（うかつ）なことはしないよ」

ぷっと頬をふくらませ、口を尖（とが）らせる。子供っぽい表情が、トサにはかえってくすぐったい。人形のように生気のなかった少女に、息が吹き込まれたような気がした。

「じゃあな、ちょっくら行ってくらぁ」

足取りも軽く、トサは来た道を戻る。

まだ日は昇っていないが、碧青垣が見えてきた頃には、東の空が白んでいた。ひとまず用心しながら近づくと、先刻ふたりが梯子ごと落ちた辺りに、門番たちが群がっている。

おくうの脱走もすでに露見したかもしれないが、これもオビトの企みに入っていた。梯子をかけた碧青垣の東側に目が逸れて、西側には人気がない。それを確かめて、碧青垣の南西に行き着く。おくうには案じるなと言ったが、内心では心配だった。壁からぶら下がった青い細綱を見て、ほうっと息をつく。

垣の西南には、二本の綱を仕掛けておいた。門番らが見つけた一本目の太綱は、いわば囮（おとり）だ。そして半丁ほど離して、もう一本。壁の途中の鳴子にかからぬよう、トサは木に登って、石を錘にした二本の綱先を、壁の外に放り投げた。

二本目の綱は、碧青垣の色に馴染む緑色。実は綱ではなく、蔓（つる）である。青い綱の代わりに、丈夫な蔓ではどうかと、おくうが案じた。

ふたりが登った東側から門番たちを引き離すために、オビトは西南の辺りで大声を張り上げた。いわばオビトは、ふたりを無事に逃がすために、引きつけ役をこなしてくれた。

石垣から下がった蔓を、試しにちょんちょんと引いてみると、抑えた声がした。

「トサか、いいぞ、引いてくれ。ゆっくりな」

そろそろと蔓を引いたが、途中で鳴子綱に引っかかってしまったようだ。それ以上引くことができず、門の辺りから派手な音がした。

「いけね！　早いとこ下ろさねえと」

ぐいっと思いきり引っ張ると、ぽん、と包みが大きくはねて、壁の外へととび出してきた。薄藍に波模様の見慣れた包みを、辛うじて両腕で受けとめる。

「こら、トサ！　もっとていねいにあつかわんか。目が回るだろうが」

「それどころじゃねえよ、とっとと逃げねえと」

脱兎（だっと）のごとくトサが走り出す。いったん西側の藪にとび込み、大きく迂回（うかい）して、おくうのもとへ急いだ。

「やれやれ、肝（きも）を冷やしたが、首尾よく運んでまずまずだ」

肩に担がれたオビトが、包みの中で息をつく。トサはすでに、これからのことに思いを巡らしていた。

「おくうをどこに、連れていってやろうかな。やっぱり海がいいか。あんなでっかい水溜まりを見たら、きっと驚くぞ。それとも、湯治場がいいかな。にぎやかな町も、見せてやりたいな」

「はは、欲張りだな。そう急がずとも、時はたっぷりある。共にのんびりと、旅をしようではないか」

ふたりが向かう方角の左手から、朝日が昇ってきた。

こんなにも輝いて見えたのは初めてで、トサは眩しそうに目を細めた。

それから三日間は、申し分のないひと時を過ごした。

おくうは幼子のように、あらゆるものに目を輝かせ、興奮をふたりに伝える。

「やれやれ、まるで餓鬼を連れてるみてえだ。ひとっ時も目を離せやしねえ」

「また、子供あつかいする！　歳はさほど変わらないよ」

「さよう、わしにとっては、子供がひとり増えたようなものだな」

「言っとくけどな、おっさんの世話をしているのは、おれだからな」

素直に口に出せずとも、おくうがとなりにいるだけで、旅の彩りが鮮やかに増した。

海にも行ったし、湯治場で湯にも浸かった。あと二日ほど歩けば、大きな町に着くと、行き合った旅人から教えられた。

だが、おくうがもっとも喜んだのは、通りがかった村で開かれていた祭りだった。鳥居を潜り、石段を上がった境内には、小さな縁日までたっていた。餅や田楽、木彫や藁の玩具などを、近くの農民が売っている。

そして何よりもおくうが目を奪われたのは、神楽踊りだった。白い衣に緋の袴をつけた少女たちが舞う巫女舞にうっとりし、猿の面をつけた剽げた舞に腹を抱える。武者や鬼が出てくる浄瑠璃めいた舞には、感きわまったように涙をこぼした。こんなもんで泣くのか、とトサにはちっとも伝わらなかったが、舞台を一心に見上げる横顔をながめているだけで、幸せな心地になった。

けれども、別れは突然にやってきた。

神楽を見終わって、境内を後にした。石段を下りて鳥居を出たとき、急におくうが苦しみ出した。胸を押さえて、地面に膝をつく。

「おくう、どうした？　食い物にでも当たったか？」

背中をさすっても、苦しそうに息を吐くだけで、声を返すことすらできない。

横から顔を覗き込み、トサははっとした。磁器のように真っ白な頬に、ただれたような赤黒い斑模様が浮いていた。

「これって……おくうのお父やお母と、同じ病じゃねえか？」

「何だと、トサ、わしにも見せてみろ」

もどかしく包みを広げるあいだにも、まるで肌を蝕むように、赤黒い染みは広がってゆく。頬だけではない、手や足の甲にも、大きな斑点が浮き出ていた。

「まさか……迷信ではなかったということか」

愕然と、オビトが呟く。

「おっさん、どうしよう！　おくうを助けてくれ！　おっさんの知恵で、治してやってくれ！」

トサのただならぬようすが周囲の人目を引き、どうしたどうしたと人が集まってくる。

しかしおくうを一瞥するなり、目を背けて鼻と口を袖で押さえた。流行病ではないかと取られたようだ。

――この国から外に出たら、あたしたち碧青の民は生きてはいけない
囲炉裏端できいた、おくうの声がよみがえる。

「あれは、脅しでも妄言でもなく、まことであったというのか……」

オビトの首筋が、ぞっと粟立った。いまは迷っている暇はない。とり乱すトサに、直ちに命じた。

「トサ、間に合うかどうかわからぬが、おくうを連れて碧青の国に戻れ」

「どういうことだ、オビト？」

「一族に伝わる病なのか、あるいは青い鉱石のためなのか、それはわからぬが……おくうはきっとあの国を……碧青の石から離れては生きられぬのだ」

「わからねえよ……だって、おくうは外に出て、こんなに喜んで……」

「いいから、おくうを背負って走れ！　手遅れになるぞ！」

オビトに叱咤されて、びくりと獣のようにトサが怯える。それから、わかったとうなずいた。オビトの包みを腹に巻きつけ、おくうを背中に負って、とび出すように走り出した。

後はひたすら、碧青の国の方角を目指す。

背と腹に、荷を負っているとは思えないほどの走りぶりだった。それでも三日分の行程だ。いちどきに辿り着くには遠すぎる。走りながら、懸命に背中に訴える。

「死ぬな、死ぬなよ、おくう！　頼むから、死なねえでくれ！」

トサは休むことなく、ふた時ほども走り続けたが、さすがに足の運びが覚束なくなってきた。それでも、足を止めようとしない。ふらふらになりながらも、懸命に前へと進む。

「待ってろよ、おくう、もう少しだけ辛抱しろよ。必ず助けてやるからな」

いつのまにか、トサは泣いていた。前がぼやけて見づらいが、拭うこともできない。頬から落ちた滴が、トサの前に回されたおくうの右手に、ぽたりと落ちた。

「トサ、泣かないで……」

「泣いてなんかねえ！　待ってろ、おくう、碧青の国に戻って、必ず治してやるからな」

「あたし……帰りたくない……」

細い右手が、ゆっくりと上がって、涙をすくいとるようにトサの頬を撫でた。手の甲や腕にも、一面に斑が広がっている。

「たった三日でも……あたしは幸せだった……国を出て……碧青垣を越えて、よかった……トサとオビトに会えて、よかった……」

「おくう、弱気になるな！　旅はまだまだこれからじゃねえか」

「トサ……ありがとう……」

おくうの両手が、だらりと落ちた。それでもトサは止まろうとしない。

「トサ、もしや、息が止まったのか？　おくうを下ろしてわしに見せろ」

「うるせえ！　おくうが死ぬものか。まだこんなにあったかいんだ」

「だが、おまえも少し休まねば……おまえこそ、すでに力が尽きて……」

返事の代わりに、トサは吠えた。獣のような雄叫びが、オビトの耳許でびりびり響く。

信じられないことに、ぐん、と速さが増した。体力は限界のはずなのに、ただ精神だけで駆け続ける。

碧青の国に辿り着くまで、トサは一度も足を止めなかった。


「開門！　開もーーーん！」

トサの腹の下で、オビトは声を張り上げた。碧青の国の門に着くなり、トサはおくうを背負ったまま、ばったりと倒れてしまった。

ほどなく潜戸が開き、数人の門番の足音がした。

「この娘は……神主さまが探していた、おくうではないか？」

「早う、早うこの娘の、手当てを頼む！　急げ！」

オビトに叱咤されて、門番らが慌てて動き出す。トサの背からおくうを抱きとって、門の中へと運び込む。しかしふたりのあつかいには、門番らも困り果てた。

娘を連れ出した重罪人ではあるが、正体は子供と生首だ。ことにオビトはたいそう気味悪がられ、このまま門外に捨て置くか、いや、祟(たた)りがあっては困るから、もっと遠くに捨てた方が、ならば誰が捨てにいく、と揉(も)めに揉めている。

しかしそこに、白い長衣の女が出てきた。

「これ、無体(むたい)を働くでない。外の世では尊(とうと)ばれている御方ぞ」

怖(おそ)れることもなくオビトを両手で抱(かか)え上げ、正面から視線を合わせる。

「門番らがご無礼した。もしや、御首さまではございませぬか?」

「いかにも。オビトと申す。御首信仰(しんこう)をご存知か?」

「話だけは伝えきいております。私(わらわ)は神主の、りせと申します」

間近で見ると、圧倒されるほどの美貌だった。一筋の狂いも、一点の曇りもない造作は、あまりに整い過ぎていて、やはり人形を思わせる。門番の男たちですら、いずれも目鼻立ちは美しく、完璧故にどれも似たような顔にも見える。

「その童(わらべ)を客間にはこび、介抱(かいほう)せよ。オビト殿も、どうぞ中へ」

外の門脇に立つ、建物へと連れてゆく。質素な造りだが瓦葺きで、国外の客と談ずるための客間だという。おりせは経机のような漆の卓を運ばせて、オビトを据えた。トサは水を与えられ、となりの間で休ませていると説く。

「おくうは、助かりそうか？　まだ息はあると、門番たちは申しておったが」

「ああなっては、厳しいやもしれませぬ。もはや碧青さまにおすがりするしか……」

「わしは大きな勘違いをしておった。碧青の石は、人を害するものではないかと。だが、それは逆なのだな？　碧青こそが、この国の民を守っておる」

「そのとおりです。我ら一族はもとより短命で、四十まで生きられぬのも、死に際に赤黒い斑が現れるのも、すべては血の定めです。ですが何より難儀したのは、女子の早死にがあまりに多かったこと。十人の娘のうち七人が、十四、五で死んでいくのです」

　この一族は、遠からず滅びる運命にあった。しかし彼らは、この地に辿り着いた。碧青石の効能で、若い娘たちの寿命が、倍以上も伸びたのだ。短命は免れずとも、それだけで十分な加護だった。碧青石は、単なる暮らしの糧ではなく、この国の民にとってはまさに命綱だ。石垣を築いてまで、守ろうとしてきたのもうなずける。

「ただ、中には、血の定めが濃く現れる者もおりまする。さる薬を飲ませると、ほんのわずかな間ですが、薄い斑が現れます」

「もしや、おくうたちに飲ませたという神酒は、そのためか」

「さようです。このままでは、あの子の寿命はあと一年ほど。永らえるには、石の加護の強い、地の底深くに下ろすしかありませぬ」

「それが、碧青への嫁入りというわけか……」

そうやって下ろされた娘たちの大方は、天寿をまっとうする。いまも地の底で、四人の女子が暮らしているという。

「おくうは直ちに、碧青さまのもとに下ろされました。手遅れやもしれませんが、若いおくうなら一縷の望みはあります」

「何も知らず、浅はかな真似をした。どんなに詫びを尽くしても足りぬ。どのような罰も受けるつもりでおる。……ただ、トサだけは見逃してくれぬか。あれはただ、おくうの幸せを願ったのだ」

「この国には、追放より重い刑はありませぬ。それに……おくうに悔いはないでしょう」

おくうは先ほど一度、目を開けて、一言だけ呟いた。

「生きていて、よかったと……そう申しました」

「さようか……トサに伝えねばならんな」

オビトの目に、涙がにじんだ。

第4話

雪意（せつい）の国

激しい風の音で、オビトは目を覚ました。

吠えるような大風で、唸りの尾を引きながら吹き荒れている。

風音の合間に、ガッガッガッ、と何かを削るような音が身近できこえた。

左目の前にあいた布の隙間から、外が見える。しかし何故か、外は白一色だ。白い布でも、上から被せられているのだろうか。

「おーい、トサ！　どこにおる？　トサぁぁぁ！」

ガッガッガッと続いていた音がやんで、オビトを包んでいた布が解かれた。とたんに冷たい礫が、前から後ろから顔や頭をたたく。

「うわっ、何だこれは！　痛い上に、何も見えんぞ！」

わめく首を両手でもち上げて、トサはやれやれとため息をついた。

「ったく、やっとお目覚めか。いつもながら、おっさんは呑気でいいな」

「トサ、これは何だ。いったいどうなっておる？」

「だから、見てのとおりの大吹雪だよ」

「吹雪……だと？」

唸る風、白一色の視界、容赦なく顔をたたく冷たい礫。たしかに吹雪に相違ない。

だが――。眠り込む前の景色は、緑鮮やかな森であり、季節は晩夏であったはずだ。

いきなり秋をとび越えて、冬に至ったというのか。北上していれば早い冬も少しは合点がいくが、ふたりは都を目指して南下していた。なのにいきなり猛吹雪とは、あまりに唐突だ。

「トサ、わしが眠っているあいだのことを、わかりよう話して……うわっ、ぺっ！」

開いた口が大きな雪片を吸い込んで、急いで吐き出す。

「おっさん、話はあとだ。このままじゃ、そろってお陀仏だ。おっさんと心中なんて、ご免だからな」

と、トサは、木の棒を手にとった。トサは旅のあいだ、首の姿のオビトを布でくるみ、棒の先に結わえて肩に担ぐ。その棒を両手に握って、ガッガッガッと雪を掻く。

音の正体はこれかと、オビトは納得した。

「上がカチカチに凍っていてよ、手強いんだ。だが、もう少しで……おっ！」

四尺ほどの棒が、ズボッと深く雪の地面に呑み込まれ、トサが歓声をあげる。

「よし、破ったぞ！　あとは中の柔らかい雪を固めれば……おっさん、もうちっとの辛抱だ」

自分の腰回りほどに掘った雪の穴に、兎のようにトサが潜り込む。

トサが消えると、穴の位置すら見極められぬほどに、雪で視界が塞がれる。急に不安が先立って、オビトはひたすら声を張り上げた。

「おおい、トサ、まだか？　この風ではわしの首なぞ、いつ飛ばされてもおかしくはないぞ。早う出てこぬか、トサぁ！」

雪隠を待ってでもいるように、盛んに声をかける。やがて穴から、黒い兎のようにトサが顔を出した。

「うるせえな！　怒鳴らなくとも、きこえるよ。起きてるおっさんは、まったく面倒だな」

首を抱えて、穴の中に入れる。トサが立つと、ちょうど穴から顔が出るくらいに縦穴が掘られ、腰の辺りから下は雪が柔らかいのだろう。中の雪を周囲に押しつけて、丸い横穴が築かれていた。縦穴からわずかな光が入り、辛うじて目も利く。

「ほお、中は案外あたたかいではないか。うむうむ、居心地も悪くないぞ」

「呑気だな、おっさんは。硬い表を削るのは、大変だったんだぞ。おっさんは、ぐーすか眠りっぱなしだったがな」

「わしはまた、眠っておったのか……」

ひとまず横穴に落ち着くと、オビトを胡坐の前に据えて、トサは仔細を説いた。

「この前と同じだよ。森ん中の一本道を歩いていたら、おっさんが寝ちまって、鼾すらかかずにぐっすりだ。案の定、なかなか森から出られなくてよ、半日歩いてようやく抜けたと思ったら、このざまよ」

「いやいやいや、わけがわからんぞ」

「おれだってわかんねえよ！　けど、いきなり妙なところに出ちまうのは、おっさんの眠り病のせいだからな」

　森を抜けると、そこは一面の雪野原だった。目をぱちぱちさせながら、しばし茫然と佇んでいたという。

　空は曇っていたが、まだ雪は降っておらず、風も吹いていなかった。見通しばかりは良いものの、見渡す限り白い毛氈を敷き詰めたようで、視界の先には山も川もない。しんとした音のすべてが雪に吸い込まれ、人はおろか獣の声も葉擦れの音すらしない。しんとした雪原は、生き物の気配がなく、心細くなったようだ。

「おれ、知らねえうちに、死んじまったんじゃねえかって……頬を張っても、おっさんは起きねえしよ」

「どうも頬がじんじんとすると思うていたが、そのせいか」

　怒る気には、なれなかった。ひとりぼっちで雪原に放り出された心細さは、オビトにも察しがつく。

「辿ってきた森に、戻ろうとは思わなんだのか？」

「それがよ、ふり返ったら、森の影も形も消えてたんだ……怖えだろ？」

怪談噺のように、首をすくめる。ほどなく曇った空から雪が降りはじめ、息を合わせるように風も吹いてきた。

「吹雪になれば、凍え死んじまう。急いで穴を掘ったんだが、表がカチカチに硬くてよ。難儀してる間に吹雪いちまったが、どうにか間に合ってやれやれだぜ」

「雪穴を掘ればよいと、よう気づいたな。トサ、おまえは雪国の生まれか？」

「覚えてねえけど……ただ、白い原をながめていて、何か心にかかったんだ」

「何かとは？」

「わからねえ。たぶん、白い何かだと……ただ、いくら考えても出てこなかった」

さようか、とつい湿っぽいため息が出た。

「何だよ、おっさん、難しい顔して」

「いや……子供のおまえに話すのは、どうも憚られてな。これまで黙っておったのだが」

躊躇いはあったが、トサにはいつか明かすつもりでいた。

「わしがこの姿になったのは、いわば因果応報なのやもしれぬ」

うん？　とトサは頭を左に傾げる。

「因果応報とはな……」

「それくらい知ってるよ。悪いことをしたら、いつか報いを受けるって、あれだろ？」

「悪いことばかりでなく、善行には良い報いをもたらすとの説法なのだがな」

本来の意味は、善きにつけ悪しきにつけ、過去の業に応じて幸不幸の果報を生じるということだ。

「じゃあ、おっさんは、よほどの悪行を犯して、首ひとつになっちまったってのか？」

「そうとも言えるし、そうでないとも言える」

めずらしく言い淀む。はっきりしろよと言いたげに、トサは顔をしかめた。

「この前、碧青の国にかかる前にも、この雪野原に辿り着く折にも、わしは前後不覚に眠りこけていたろう？　ともに、同じ夢を見たのだ」

「夢？　たしかこの前は、夢の中身は忘れたって」

「すまぬ、嘘をついた。酷い夢だった故、おまえに話すのはためらわれた」

「夢って、どんな？」

「わしは大刀を握っておった。両手でそれをふり上げて……人を、殺した……」

眉根を寄せて瞑目し、髭面を辛そうにしかめた。

「つまりは、武士ってことだろ？　武士は戦のための兵なんだから、人を殺すのはあたりまえじゃねえか」

なにをいまさらと、トサは事もなげに返す。

「戦で敵を殺めたのなら、致し方ない。だが、そうではないのだ……」

口にするのを厭うように、ひとたび唇を引き結ぶ。鼻から大きく息を吸い、ゆっくりと吐いた。

「大刀をふり上げたわしの目の前にいたのは……膝をつき、後ろ手に縛められた者たちだった」

「膝をつき、後ろ手に……」

なぞったトサが、はっと目を見開く。苦しそうに、オビトは絞り出した。

「首斬りだ……わしは首斬りを務めておった」

トサが黙り込み、外の風の音だけが、小さな雪穴を満たす。沈黙を恐れるように、オビトは話を継いだ。

「ひとりふたりではないのだ。何人も何十人も……首を落とされたのは、武士だけではない。町人も百姓もいた。男も女も年寄りも……おまえくらいの子供すら……。わしは容赦なく、その首裏に大刀をふり下ろした。そのたびに、首が落ちて地に転がるのだ。ちょうどいまのわしのように……」

オビトの喉仏が、ひくりと上下する。目尻には、涙がたまっていた。

「多くの首を斬った報いで、こうして浅ましき姿にて生まれ変わった……さように思えば得心もいく」

狭い穴の中で、トサは器用に頭の後ろに両腕を回した。考えるときの、トサの癖だった。

「でもよ、そうなると、御首はみんな首斬りってことにならねえか？」

「どうであろうか……」

「首斬りとして、たくさん人を殺した。その報いってんなら、何だって御首はこの世で大事にされるんだ？　神さんみたいに崇められるんだ？　それって、おかしかねえか？」

宗門にもよるのだが、御首の存在を知る者には尊ばれ、粗略にはされなかった。この姿が罰であるのなら、たしかに道理が通らない。

「都に行き着けば、何かわかるんだろ？　それまでは、四の五の悩んでもしかたねえじゃねえか」

「そうか……そうだったな」

単純で明快なこたえは、子供ならではであろうが、ふっと気持ちが軽くなった。

「そんなことより、眠くなっちまった。なんせ、おっさんを担いで歩き通しだったからな」

「待て、トサ、横になってはいかん。雪中で眠ると死ぬというぞ。まぶたをこじ開けてでも……」

オビトが止める傍から、ころりと横になり、あっけなくまぶたが落ちる。

「これ、トサ、寝るな！　寝るなと言うに！」

いくらがなり立てても、すでに睡魔に引きずり込まれたのか寝息しか返らない。

「仕方ない、奥の手を使うしかなさそうだな」

口と鼻から、大きく息を吸い込んだ。本気の怒声を浴びせようとした瞬間、ぱちっとトサが目を開けた。

「お、起きたか。わしの勘気を買う前に従うとは、実によい心掛けであると……」

しっ！　と、雪の床に耳を押しつけ、唇の前に指を立てる。

「何か、きこえる」

オビトには、風の音しかきこえない。ただ気づいてみると、風はさっきよりも弱まったようだ。時折、ゴウ、とは吹くものの、絶え間ない叫びのような音はやんでいた。

「あっ、ほら！　音がした！」

「音とは、どんな？　わしにはきこえぬぞ」

「何ていうか、コン、とか、カン、とかそんな音だ。樵が木を伐る音に、似てる」

「見渡すかぎりの雪野原で、森などなかったとおまえが言うたのだぞ」

「でも、きこえるんだ」

トサは機敏に起き上がり、外に出ようとする。縦穴は吹きつける雪でほとんど埋まっていたが、両手で雪をかき分ける。どうやら頭が外に出たらしく、しばし耳をすませていたが、また横穴に戻ってきた。興奮気味に、オビトに告げる。

「今度は、はっきりきこえた。きっと近くに誰かいるんだ」

「キツツキが、木をたたく音ではないか？」

「木などどこにもねえよ。それに、直に届くと、樵の斧の音ともちっと違ってた。おっさんもきいてみろって」

否応なくトサに抱えられ、そろって縦穴の上に頭を出す。

幸いにも、風はだいぶ収まっていた。さっきは一尺先も見えぬほどに吹雪いていたが、少しは見通しも利く。雪の降りだけは変わらず、風に煽られながら盛んに舞っていた。

コォォォン――。

ふいにその音が、オビトの耳にもはっきりと届いた。

カァァァン――。

雪と風を裂くような、鮮烈な音だった。

「きこえた！　きこえたぞ！」

「だろ？　何の音かは、わからねえけどよ」

「この音は……鼓ではないか？」

「何だ、それ？」

「鼓を知らぬのか。笛や太鼓と同じ、楽を奏でるものだ」

「てことは、やっぱり……」

「そうだ、トサ、人が奏でておるということだ！」

この果てのない雪原にふたりきり、もといひとりと首ひとつでは、あまりに心許ない。

雪原で初めて目にした、まさに命綱のようなものだった。何とかして、その緒を掴まねばならない。

「よおし、おっさん。ひと仕事、頼むぜ」

　トサは小脇に首を抱えて、穴から地上に素早く這い出る。雪の地面に仁王立ちになり、両手でオビトを高く掲げた。心得たオビトが、大きく息を吸う。

「おーい！　おーい！　そこな者ぉぉぉ！　誰かあるうぅぅ！」

　オビトの大声は、破鐘のように雪原に響きわたる。オビトを頭上に掲げたトサも、やはり精一杯の声を張り上げた。

「おーい！　誰かいるなら、返してくれえぇぇぇ！」

　しばし叫び続けたが、何の返しもなく、鼓の音すらやんでしまった。

「届かねえのかな……この降りじゃ、こっちは見えねえし」

「諦めてはいかん、トサ。この雪野原から逃れる、唯一の手立てなのだからな。よし、もう一度、試して……」

　と、ふたりの耳に、それまでと別の音が届いた。鼓でも、風の音でもない。ザザザッ、と雪を削るようにきこえ、その音はぐんぐん近づいてくる。ほどなく雪の帳の向こうから、大きな影が近づいてきた。ヒッ、とトサが、喉の奥で悲鳴をあげる。

「な、なんだなんだ？　人にしてはデカすぎる。形も妙だし……まさか、化け物か？」

「いや、あれは……船だ！」

　トサの頭上で、オビトが叫んだ。

雪原に船――。何とも異な組み合わせだが、尖った舳先と大きな帆は間違いなく船だ。

まるで水面を滑るように雪上の船は近づいてきて、ザリザリザリと雪面に雪煙をあげながら、ふたりの手前で止まった。

ひどく大きな船影に映ったが、船そのものは思いのほか小さい。せいぜい川舟ほどで、いっぱいに張った帆と、積み上げられた荷のために大きく見えたようだ。

男がひとり降りてきた。まるで熊のように毛むくじゃらの大男だ。オビトを抱えたまま、思わずトサが後ずさりする。

「あんれまあ、本当に人がおるでねえか。おめさんら、こんなところで何しとるだ?」

見掛けとは食い違い、かけられた声はひどく呑気だった。大きな毛皮を頭からすっぽりかぶり、膝下と顔だけを覗かせている。いたって善良そうな若い男で、トサが大きく息をついた。

「何だ、脅かすなよ……熊かと思ったぞ」

「この辺じゃ、毛皮はあたりめえだ。童、おめえこそそんな薄物一枚で寒くねえか?」

「寒いよ！　こんな寒い土地に迷い込むとは、思わなかったんだ」

「童、おめえひとりか?　たしか野太い声も、きこえたような気がしたども」

トサの頭上の荷を認め、おや、と男が気づいた顔になる。

「おめえ、そりゃ、生首でねえだか？　童が、なしてそっだらもん……」

「おれは童じゃねえ、トサだ！　この生首はな、えーっとえーっと」

いわば危急の折であったから、オビトの存在をどう説くか、そこまで考えが回らなかった。頭上にもち上げていた首をそろそろと胸の前に下ろして、懸命に説きようを探す。

「御首って、知ってっか？」

「おんくび？　いんや、知らねえ」

「そうかあ、知らねえか。だったら、よけいな話はしねえ方がいいか」

言外に、黙っていろとオビトに告げた。人に会ったときの常で、オビトは目を閉じて、ひとまず生首のふりを通している。

「えーっとだな、この首はおれの父ちゃんで……」

これまでにも何度か使った嘘八百を並べはじめた矢先、大きなくさめが響いた。

「ひえええ、いま、その首がくさめを……」

「てめえ！　こんなときにくさめなんかしやがって！　気味悪がられて置き去りにされたら、どうしてくれる！」

「すまんすまん、なにせ寒くてな。堪えようにも鼻もつまめず……」

「首だけのくせに、人並みに寒いとか抜かすんじゃねえよ。このまま、雪ん中に埋めていくぞ」

　首と少年が、ぎゃあぎゃあとやり合う姿に、毛皮の男がぽかんとする。

「兄さん、頼むから見捨てねえでくれ。こいつは姿は妙だが、御首といって、他所の土地では尊ばれもするんだ。このとおり口はうるせえが、何なら殴ってでも黙らせるからよ」

「さよう、わしは御首のオビトといって、決して怪しい者ではない。いや、首のみの姿故、驚かせてしもうたが、呪うたり憑いたり、悪さのたぐいは誓ってせぬ。この雪原に知らぬ間に踏み込んで、難儀しておった。どうかその船に、乗せてはもらえぬか」

　今度は息を合わせて、助けを乞う。男はやはり、しばし戸惑っていたが、船の上から別の声がした。

「睦三、御首なら、わしも知っておる」

「本当か、婆さま」

「ああ、若い頃にな、噂をきいた」

「ならば、害はねえだか？」

「どうであろうな。ひとまず、その御首と話をさせてくれぬか」

　どうだ、というように睦三と呼ばれた若者は、ふたりをふり返る。オビトは諾（だく）とこたえ、トサが首を男に差し出す。睦三は嫌そうに顔をしかめながら、おそるおそる受けとった。

　それから急いで船へと走り、船縁（ふなべり）にいた老婆に声をかけた。

「婆さま、手え出せ。いま、首をわたすだで」

　オビトの首が、枯れ木のような老婆の手に渡される。

「婆さま、危ねえことは？　おらもおった方がええか？」

「案ずることはない。おまえは童を構（かも）うてやれ」

　わかった、と若者は素直に従って、トサのもとへと戻る。

「さて、御首とやら……いや、オビトというたか。少し話をしようか」

　婆はオビトを、船上に置かれた木箱の上に載（の）せた。荷のひとつであるようで、他にも俵や布袋などが、所狭しと積まれていた。

木箱の上に落ち着くと、目の高さが老婆の喉元あたりに来る。とはいえ、若者と同様、すっぽりと毛皮にくるまれているから、真っ白な髪と、頬骨の目立つしわの刻まれた顔しか見えない。向かい合って初めて、オビトは気づいた。

「もしや、婆殿はお目が……」

「さよう、幼い頃に病でな、光を失うた」

「それはさぞ、ご苦労されたことだろう」

「これがわしの、目の代わりをしてくれる故、さほどの不自由はない」

婆が膝上にあったものを、オビトに見せる。

「鼓……そうか、あの鼓は、婆殿であったか」

使い込まれた古い鼓だが、革は手入れが施され、調緒も新しい。調緒は、鼓の胴に縦横に渡された麻紐であり、紐を握る強弱で、音の高低や響きが変わる。

「婆殿の鼓のおかげで、こうして人に巡り合うことができた。心から礼を申す。いや、まことにかたじけない」

婆の見えない目が、じっとオビトに注がれる。ふうむ、とわずかに首を傾げた。

「きいた噂とは、かなり違っておるな。おまえさんは、悪い者ではなさそうだ」

「むろんだ、婆殿。奇異な姿なれど、害をなすような真似は決して……」

オビトがふと、気づいた顔になる。

「婆殿、噂、とは？　もしや、御首は悪い者だと、きかされたのか？」

「わしもこの国に来る前、若い頃に耳に入れた話故、かなりおぼろげであるのだが」

と、断りを入れる。オビトは唾を呑み、次の言葉を待った。

「御首は、禍を連れてくる――そのように、わしはきいた」

「禍を、連れてくる……？」

首筋に、冷たいものが走った。これまで御首を知る者には、概ね大事にされてきた。欲を捨て、情を示す存在だとも教えられた。御首についての負の話は、初めてきく。

「まことで、あろうか……この異形の姿は、魔や怨念を、不運や災禍を呼び寄せるのであろうか」

「そこまでは、わしにもわからぬが」

落胆と不安が、ずしりとのしかかる。二度にわたって見た夢が、さらに不安をあおる。あれが過去世であるのなら、自身は首斬りの業を背負っている。

オビトが案じたのは、トサのことだ。このまま一緒にいて障りはないのか。共にいることで、いつかトサに、とんでもない不幸が訪れるのではないか。

柄にもない気後れは、見えない老婆にも容易に伝わったのだろう。慰めるように言葉を継いだ。

「そう気にやむでない。あくまで、人がいい加減に広める噂のたぐいであるからな。都の者は噂好きでな。大方は人心を騒がせる、よくない噂よ」

「都というと、那良でござるか？」

「いや、いまの都、洛陽じゃ」

婆の姿を改めて見上げて、オビトは深く合点した。

「道理で……鼓といい物言いといい、田舎にはそぐわぬと。もしや生まれは、身分のある都人ではありませぬか？」

「遠い昔の話よ。それに、この雪意の国は、わしが初めて得た安住の地だ」

雪意とは、雪が降りそうな空模様のことだ。この国はことさら雪が多く、ことにこの雪原は、一年中、雪が絶えることはないという。

「さような土地では、田畑すら拓けぬではないか。どうやって暮らしておるのだ？」

「国の中で、短い夏のあいだだけ、雪が解ける場所があってな。ごく狭い土地だが、自ずと人が暮らすようになった」

そのような村が方々に五つあり、五村のあいだを行き来し、また他国の町まで遠出できるのは、この雪船だけだと婆は語った。

「たとえ厳しい土地でも、住めば都といいますからな」

「それもあるが……ここには、わしにできることがある。見えぬ故、人の厄介になるより仕方がないと思うていたが、ここにはわしにしかできぬ役目があってな。どんな極楽よりも、居心地がよい」

「なるほど、ようわかりまする……それがしも、同じ身の上でありますからな」

ふふ、と互いに笑い合う。御首に対する、婆の懸念は拭えたようだ。

同時に、先刻覚えた不安も、ゆるゆると解けていく。

御首の正体については、当のオビトでさえもわからない。それでも、トサとのあいだには、何らかの縁があるはずだ。少なくとも縁の源にたどり着くまでは、傍にいたかった。

「婆殿、改めてお願い申す。どうか、わしとトサを、この船に乗せてくれまいか。わしらは古都の、那良を目指しておる。ひとまず、この雪原を抜けたいのだ」

婆はゆるりとうなずいて、承知を伝えた。

「まだ、名乗っておらなんだな。わしは、舵と申す。皆には舵婆と呼ばれていてな」

「恩に切るぞ、舵殿。地獄に仏とは、このことだ」

舵が睦三を呼び、ふたりを船に乗せるよう告げた。

「トサ！　おまえも来ぬか。早うせんと、置いてゆくぞ」

「もう、乗ってるよ」

船に上がってきた若者の腹のあたりから、くぐもった声がして、毛皮の中から、ばあ、と顔を出す。

「そんなところにおったのか」

「こん中、すんげえあったかいぞ。睦が入れてくれたんだ」

と、にんまりする。オビトと舵が話し込んでいる間に、若いふたりも、すっかり気安くなったようだ。

「ちょっと待っておれ。たしかもう一枚、毛皮が……おお、あったあった。少し小さいが、狐だからあったけえぞ。ほれ、貸してやる」

睦三はトサの背に、蓑のような薄茶の毛皮を羽織らせて、紐を前で縛る。丈はトサの膝上ほどだが、長い上等の毛は、思いのほかの暖かさだと、トサがはしゃぐ。

「睦三、この者たちは雪原を出て、旅を続けたいと言うておる」

「ああ、おらもこの子からきいた。ちょうどこの船は、隣の国の町を目指しておるからな。今日はいい風だで、障りがなくば半日ほどで着くだ」

睦三は積まれた荷を器用に除けて、船尾の側に立った。それから、船縁に縛りつけていた綱をほどく。綱は二本で、それぞれが帆桁(ほげた)の両脇に繋(つな)がっており、睦三は二本の綱を己の腰にしっかりと巻きつけた。

「いいぞ、舵婆!」

睦三が声を張り、舳先の側にいた舵婆は、前を向いて座り直した。

鼓をとり、右肩に乗せる。コォォォン——と低い音色が打たれ、次いで麻紐をぐっと握り、カァァァン——と高い音を響かせる。

「間近できくと、なんと良い音か」と、オビトが瞑目する。

鼓の余韻は雪原の四方に響きわたり、婆はじっと耳をすませる。

「睦三、未(ひつじ)だ」

「承知!」

未とは、南南西の方角をさす。睦三が力強く応じて、両腕で二本の綱を引いた。

下りていた帆桁が、帆柱(ほばしら)の上までするすると上っていく。くたりと寝そべっていた帆が風をはらみ、いっぱいにふくらんだ。

「うわあ、すげえ!」

トサは目を輝かせて、誇らしげに風を漲(みなぎ)らせた白帆(しらほ)を仰(あお)ぐ。

睦三が腰を入れ、両足を踏ん張りながら、両手に握った二本の綱を加減する。帆は桁ごとぐいと横を向き、船は滑るように走り出した。

どんどん速度を上げ、まるで水面から飛び立つ鳥のように、軽やかに雪原をわたる。

「すげえ！　はええ！　飛んでるみてえだ！　すげえ！　すげえよ！」

トサはもう大興奮だ。寒さすら忘れてしまったのか、舳先に横に通された貫木にしがみつき、気持ちよさげに風を受けている。

「帆はよいとして、船底はどうなっておるのだ？　何故、雪上を走ることができるのだ？」

オビトの問いには、睦三がこたえた。

「船底は、橇みてえに作ってある。雪原が広すぎて、馬に橇を引かせても息が切れちまってな、とてももたねえ。だから馬の代わりに、風を使うんだ」

帆で受けて風を利するなら、細い舟形の方が操るに容易い。長い年月をかけて工夫を重ね、雪船の形に仕上がったという。

「こいつは見てのとおり、ひとりで操れるが、この雪原を渡るには、方角がわからねえと進みようがねえ。日が出ることが滅多になくて、お日さまも頼れねえからな。見定められるのはただひとり、舵婆だけだ」

「見定めるのではなく、聞き定めるというた方が正しいがな」

と、舵婆がつけ加える。鼓を鳴らし、その響き具合から、方角が摑めるという。

「目が利かぬぶん、耳は聡(さと)くなってな。おかげで舵取り役を、務めることができる」

「そうか、舵殿の名も、その謂(いわ)れか」

「この国では代々、耳による舵取りが伝えられておってな。わしもその噂を頼りに、この国に自(みずか)らやってきた。幸いにも、先代の弟子になることが叶(かの)うてな、舵婆の名を継いだ。いまはわしも、次の者に教えを授けておる最中よ」

目では果てしなく見える雪原も、音を頼りにする者には、鼓を通して方角が聞き分けられるという。

「幼い頃から親しんでおった鼓が、初めて人の役に立った。それが嬉しゅうての」

「お役目というだけでなく、実に良い音だ。楽の音は、魔を祓(はら)うというが、舵殿の鼓はまことに響きが清々(すがすが)しい」

「それもまた、この雪原を渡るには大事なことでな」

深刻そうな顔で、口をつぐんだ。強(し)いてはたずねなかったが、オビトはまもなく、そのわけを察した。

風向きによっては、真っ直ぐに舳先を立てられぬこともままあったが、睦三はこまめに帆の傾きを変え、逃げる獣のように左右にくねくねと曲がる軌跡を描きながら、南南西の方角にある他国の町を目指した。

舵婆も折々に鼓を打って、逸れた方角を戻すことに努める。

「あと一時ほどで、町に着きそうだな。どうやら日暮れには間に合いそうだ。よかったな、トサ」

「えーっ、もう終わっちまうのか。もっと乗っていたかったのに」

「はは、気に入ってもらえて何よりだ。何なら、おれの後を継いで船頭になるか？」

トサは先刻から、船尾の側にいる睦三の傍に張りついて、熱心に帆捌きをながめていた。

「悪くねえかも……おれも船頭になれるかな？」

「そうさなあ、もう少しからだが育たねえと何とも。風に負けねえよう、なにせ力が要るからな。それに……いいことばかりでもねえしな」

屈託ありげな横顔を見せて、睦三はうつむいた。

「寒さなら、へっちゃらだぞ。毛皮さえあれば、どうにか凌げる」

やる気に満ちたトサをふり向いて、睦三はまた笑顔になった。

「そうか、トサはたくましいな。ようし、もっとでかくなって、船頭になりてえと思ったら、またこの国に来い。おらが立派な船頭にしてやるだで」

「本当か？　きっとだぞ、約束な！」

若いふたりの声が、舳先にいるオビトのもとにも届いた。しかし舵婆は、まるできこえぬように、身を硬くしてうずくまっている。

「どうされた、舵殿。加減でもお悪いか？」

返事すらせず、舵婆はやおら鼓を打った。出船のときのように二度では済まず、くり返し鼓を叩き、響きの具合をたしかめる。

「舵婆、どうした？　方角が定まらねえか？」

若い船頭の声に、舵婆は鋭く応じた。

「睦三、来るぞ！　血吹雪だ！」

ほぼ同時に、ゴウッと颪の音が轟いて、船が大きく傾いた。

もんどり打ってトサが倒れ、オビトも台の上からころがった。所狭しと積まれた荷のために、辛うじて挟まった形で船から落ちずに済んだ。

荷はいわば、他国との交易の品である。作物がろくに育たぬ土地だけに、手職を生業とする者が多く、男は木彫や細工物、女は機を織るという。材もまた他国から仕入れているが、細工の見事さ、織りの美しさなどが評判で、町では高く売れる。それを米や塩、油や炭に換えて、また村に戻るのだ。

高く積まれた荷が、オビトを目掛けて落ちてきて、思わず悲鳴をあげた。落ちた隙間（すきま）が狭かったために、幸いにも潰（つぶ）されずに済み、声を頼りに来てくれた舵婆がオビトを救い出し、胸に抱いた。

「こいつはまずい！　舵婆、舳（みよし）は危ねえ、こっちに来られるか！」

「こちらは案ずるな。睦三、船は頼んだぞ」と、舵婆が応（こた）える。

慣れているのか、激しく揺れる船の上を、案外しっかりした足取りで、睦三のいる船尾の側に辿り着く。

「トサ、おめえはその辺の綱を腰に結わえて、帆柱に括（くく）りつけろ。ついでに婆さまも頼む。婆さまには、オビトを頼めるか！」

「任せてくれ！」

トサは言われたとおり、己と舵婆を綱で帆柱に結わえて、舵婆はしっかりとオビトを抱（かか）えて座り込む。そのあいだにも、雪嵐はどんどん勢いを増す。

風の音も吹きつける雪つぶても、最前の比ではない。まるで霰（あられ）のように硬い雪片が絶え間なくからだをたたき、目すら開（あ）けていられない。

舵婆に抱(かか)えられ、目と口を固く閉じていたが、ふいにオビトは妙なにおいに気がついた。

この金気(かなけ)くさいにおいは、覚えがある。あの夢の中で嗅(か)いだのと、同じにおいだ。

はっとして、目を開ける。

「何だ、これは……赤い、雪だと？」

目の前の光景がとても信じられず、何度も瞬(まばた)きする。吹きつける吹雪が、たたきつける雪片が、純白から毒々しい赤へと色を変えていた。

「わしの目が狂うたのか？　この真っ赤な吹雪は、いったい何だ？」

「血吹雪だ。しかし血の色は、いわばまやかし。赤い雪に見えておるだけだ」

「この禍々(まがまが)しい色が、まやかしだと？」

「我ら見えぬ者が舵を担うのも、この血吹雪があるからだ。色に囚(とら)われれば正気を失う」

吹きつける吹雪だけではない、見渡すかぎりの雪原も色を変え、まるで血の海だ。

地獄絵図さながらの景色ながら、オビトを芯から怯(おび)えさせたのは、色ではなくにおいだった。

「この血腥(ちなまぐさ)いにおいも、やはりまやかしだというのか？」

「さよう。この雪原には、別の名がある……霊ヶ原(すだまがはら)だ」

「霊ヶ原……霊とはすなわち、死霊(しにすだま)か……」

「この原に降る雪は、死んだ者の念が、流されぬまま凍りついたものだと言われる。大方は無念や悔(く)いであるからな、それがこうも吹き荒れるのは、どこかで大きな乱が起きたのだろうて。雪が血のにおいに満ちるのはそのためだと、先代からきかされた」

　まやかしだと告げられても、口の中に入り込んだ雪は、たしかに血の味がする。にわかに吐き気を催(もよお)し、ぺっと急いで吐き出す。

「まやかしとはいえ、決して船から落ちるでないぞ。血吹雪の雪原は、大海原(おおうなばら)と同じ。溺れれば命を取られる。現に睦三も、血吹雪で女房を亡くしてな」

「それは、まことか？」

「亡き者に思いを残す者は、血吹雪にとり込まれる。睦三の女房は、生まれたての子を亡くしてな。すっかり参っておった」

　睦三の女房は、桔梗(ききょう)と言った。亭主が船に乗るあいだ、桔梗はひとり家にとり残される。案じた睦三は、雪原の向こう側にある、女房の実家に桔梗を預けることにした。しかし桔梗を乗せて船を出したとき、折悪(あ)しく血吹雪に見舞われた。

「桔梗は子の名を叫びながら、血吹雪が吹き荒れる中、船からとび下りた」

睦三もすぐさまとび込もうとしたが、同乗していた客たちが、数人がかりで必死に押さえつけた。そして血吹雪が収まってから船を戻すと、雪の上に、すでに息絶えた桔梗が倒れていた。

「何と哀れな……睦三もさぞかし無念であろう」

「その無念こそが、案じられてならぬのだ」

婆の懸念は、現実になった。ほどなく船尾の方から、睦三の声がした。

「桔梗！　迎えにきてくれただか？　ひとりで逝かせちまって、すまなかった！　だが、もう大丈夫だぞ、おらも一緒に行くからな。桔梗、おらも連れていってくれ！」

睦三が泣きわめき、ひたすらに桔梗の名を叫ぶ。

何かに引かれるようにふらふらと、船の舷へと進み身を乗り出したが、肩や腰に絡まった帆綱が、辛うじてその身を支える。

「あの者を、死なせてはいかん！　トサ、睦三を止めろ！」

船頭を失えば、船はこの雪原で漂流する。自分たちの命運もさることながら、睦三をみすみす死なせるわけにはいかない。

婆のとなりに座るトサに、大声で命じたが、トサからは思いもよらない声が返る。

「おふう！　おふうか！」

ぎょっとして、目玉だけを動かしてトサを見る。トサは天に向かって両手を伸ばし、その名を叫び続ける。

女の名に思えるが、記憶のないトサが、唯一覚えている名だ。

おふうとは、母なのか姉なのかすらわからない。

「おふう、行くな！　おれをひとりにしないでくれ！　おふう、死ぬな、おふう！」

「おい、トサ、どうした？　しっかりせい、おふうはここにはおらんぞ」

オビトの声は届かぬようだ。腰に綱を結わえたまま、トサがジタバタともがく。

「なんと、この童もまた、死霊にとりつかれたか……」

「舵殿、これはいったい……？」

「睦三や桔梗と同じだ。おそらく、おふうとやらは、すでに死んでおるのだろう。失うた無念に、この童も囚われたのだ」

おふうの名を呼びながら暴れる姿は、あまりに切なく見るに忍びない。このまま血吹雪に奪われてなるものか。いま頼りにできるのは、己を抱える婆だけだ。

「どうしたらいい、舵殿。どうすればふたりを、正気に戻せる？」

「わしにできることは、鼓を打つことだけだ。おまえさまも言ったろう。楽の音は、魔を祓うとな」

舵婆はオビトを、荷の隙間に押し込んだ。正面に帆柱があり、もがき続けるトサと睦三の姿が見える。舵婆が片膝を立て、鼓を構えた。

カァァン――と、高い音を打ち、カン、カン、カカン、と短い音が続く。やがて低い音が混じりはじめ、コン、コン、コカン、カカカカ、と、鼓の音はどんどん小刻みに速くなる。

妙なる音に、思わず陶然となった。吹きすさぶ風の声すら、まるで伴奏のように鼓の音に溶け合う。しかしトサは、耳障りな騒音であるかのように、いっそう激しく暴れ出す。ついには綱にゆるみが生じ、細いトサのからだが縛めから抜けた。

「トサ！　どこに行く！　トサ！」

制止の声すら届かず、トサの姿が赤い吹雪に阻まれて、オビトの視界から消えた。この大海原のような赤い雪原に放り出されれば、二度と会えない。考えるより先に、声が出た。

「トサ！　止まれ！」

うっ、と呻き声がして、おそらくトサだろう。倒れた音がする。オビトはそれでも、声を止めなかった。

「トサ！　おまえはもう、ひとりではない！　おまえの傍にはわしがいる！　わしがいるのだぞ、トサ！」

懸命に語りかけるあいだも、鼓は激しく打ち鳴らされ、吹雪の中へと吸い込まれてゆく。

オビトの喉が嗄れ、声すら出なくなったころ、気づけば目の前に舵婆がいた。手探りでオビトをもち上げて、荷の隙間から引き出す。

いつのまにやんだのか、吹雪は収まり、灰色の空からは未だちらほらと雪片が落ちてはいたが、嘘のように静かになっていた。

血吹雪がまやかしというのも、嘘ではなかった。船のあちこちに雪だまりができていたが、赤い色などどこにもない。雪のたまりも一面の雪原も、無垢な白さを晒していた。

「舵殿、トサは？　トサは大事ないか」

「案ずるにはおよばぬ。ほれ、寝息がきこえよう。直に目を覚ますだろうて……睦三もな」

トサも睦三も、船上に倒れていたが、眠りこけているだけだと舵婆は告げた。

幸いにも帆は破れていないが、捌き手を失った船は、風が吹くたびに西に東にとたゆたう。

「舵殿、我らはどこに向かっておるのだろうか」

「さあな、たまには風の向くままも、悪くはなかろうて」

オビトから見える雪原には、やはり果てがなかった。

第5話

消去(きえさり)の国

「うへえ、何てえ人の数だ。見渡すかぎり、人、人、人だぞ。これじゃあ、往来を行くのもままならねえ」

　どこかから湧いて出てくるかのように、人の波は途切れることがない。道の両袖には隙間なく市が立ち並び、物売りの声が方々から重なり合う。

「ここが於保津か。話にきいてはいたが、思った以上に栄えているな」

　トサとオビトが辿り着いたのは、於保津という港町だった。町の北には海のように広い湖が広がり、白帆の船が次々と港に入り、荷を積んではまた出てゆく。

　湖に面した北岸には港が築かれ、また西から東へ抜ける街道の要所でもある。人と物、船と馬が行き交い、絶えることのない人波を生んでいた。

「オビト、おれ、腹へった。その辺にある食い物、食っていいか？」

「いかん、いかんぞ！　この市に並んでおるものは、すべて売り物であるからな。勝手に食うのは盗人と同じだ」

「仕方ねえ、いつもの手でいくか」

　市の中を、あれこれと物色する。穀物、魚、肉、菜に果物、油に薪炭、反物や道具まで、あらゆるものが売り買いされていたが、ふいにトサの足が止まった。

　餅に木の実を練り込んだ、餅菓子である。目にしたとたん、ごくりと喉が鳴る。

「甘くて美味しい胡桃餅だよ。中に胡桃と蜜が入っているからね。さあさ、買っていっておくれ」

　肥えた中年の女が、往来に向かって愛想のいい声を張る。しかしトサが近づくと、露骨に嫌な顔をした。埃にまみれたぼさぼさの髪に、破れの目立つぼろぼろの着物。どう見ても銭とは無縁と思しき、貧乏人の小僧だ。

「おまえ、どこの山出しだい。汚い手で、売り物にさわらないでおくれよ」

　感じの悪いことこの上なかったが、幸いにもトサの視線は、餅菓子に釘付けだった。

「旨そうだなあ、ふたつおくれよ」

「銭はあるんだろうね？　ふたつで四文だよ」

「銭はねえ。でも、かわりのものがある」

　トサは担いでいた荷を肩から下ろし、大事そうに両手に抱えた。

「あのよ、御首って知ってるか？」

　ここまでの道中、食べ物は主に山から調達していたが、村や人里では別の手が使えることを学んだ。それがこの呪文だ。西へ行くごとに、御首信仰を知る者は増えてきて、しゃべる首たるオビトを連れていると、珍しさも手伝って、食べ物を供えてくれたり、家に招いてもてなす者さえいた。

この於保津でも、同じ手を使うつもりでいたが、事はうまく運ばなかった。御首ときいたとたん、店の女は顔色を変えた。

「御首だって？　何て不吉なことを！　脅しのつもりかい？」

「不吉？　脅し？　いや、そんなつもりは……」

「あっちへ行っとくれ、汚らわしい！　二度とその汚い面を、見せるんじゃないよ」

鼠のように追い払われて、怒るよりもトサはぽかんとした。

しかしその後も幾度も、同じあつかいを受けた。甘柿を売っていた次の店でも、梨売りにも鮨売りにも、御首と口にするだけで、目を三角に尖らせて怒り出すか、ひどく怯えるかのどちらかだった。

「いったい、どうなってんだ？　何だってこの土地では、こうも御首を嫌うんだ？」

「もしかしたら……都が近いためかもしれぬ」

布にくるまれて、トサに抱えられながら、オビトが呟いた。

「何だよ、それ。まったくわからねえよ」

「雪意の国で会うた、舵婆を覚えておるか？」

「ああ、雪船の上で、鼓を打っていた婆さんだろ？」

「舵殿が、言うていたのだ……御首は、禍を連れてくる、とな」

舵婆がそうきいたのは、いまの都たる洛陽(らくよう)でのことだという。この於保津からは、洛陽も、そしてふたりの旅の終着地たる、古都・那良(なら)もともに近い。

このまま西へ行けば、まもなく都の洛陽があり、南に向かえば那良に行きつくと、於保津の手前で行き合った旅の者からきいていた。

那良の地に、御首信仰があるのは本当だろう。この国にはもとより八百万(やおよろず)の神がいて、仏教もまた、菩薩(ぼさつ)、如来(にょらい)、観音(かんのん)、不動(ふどう)と、拝(おが)む像の形はさまざまだ。

御首もまた、それら数多(あまた)の神のひとつとして、大らかに解釈されていたのではあるまいか。那良から遠い地ではなおさら、物珍しさも手伝って、概(おおむ)ね大事にされた。

しかし洛陽や於保津は、那良に近い。御首信仰が如何(いか)なるものか、より正確に知っており、不吉なものとして疎(うと)まれているのではないか。

「やはり御首は、悪(あ)しき禍なのか……。ならばトサとも、離れるべきか……」

「何をぶつぶつ言ってやがる。腹は減ったし疲れたし、こちとら散々だ」

トサはオビトを抱(かか)えたまま、市の外(はず)れの道端に、どさりと腰を落とした。忙(せわ)しなく人が行き交う通りを、ぼんやりとながめる。胸がむかつくのは、人酔いのためばかりではなさそうだ。

「町ってのは、妙なところだな。こんなにたくさん人がいるのに、誰もおれたちのことを気にとめねえし、ふり返りもしねえ。まるでてめえが、石ころになったみてえだ」

荷車が目の前を通り過ぎ、もうもうと土埃があがる。このままだんだんと煤けていって、やがては本当に路傍の石になりそうな頼りなさに襲われた。

「まあ、町も村も同じか……昔、村に下りたときも、こんな思いをした。誰もおれには構わず、何もしてないのに疎まれて……」

「トサ、おまえ、何か思い出したのか？」

オビトに問われて、えっ、と顔を上げた。疲れのためか、うつらうつらしていたようだ。

「おれ、いま、何か言ったか？」

「昔、村に下りたと、たしかに言うたぞ」

目覚めたとたん、形をなくす夢のように、思い出そうとする傍から霞となって消えていく。

「駄目だ、忘れちまった。ただの寝言かもしれねえ」

「おふうのことはどうだ？　雪意の国で、おまえはおふうの名を叫んでいた」

「あのときも、おふうをたしかに見たような気はするんだ……でも、やっぱり忘れちまって」

　そうか、と白い波模様の青い布の中から、ため息が返る。

「それにしても、腹が減ったなあ……すぐ目の前に、旨そうな食い物がたんとあるのに」

「言っておくが、盗みはいかんぞ。人の物を奪うのは、外道の所業であるからな」

「じゃあ、どうすんだよ。おれに飢え死にしろっていうのか？　首だけのおっさんと違って、こっちは腹も手足もあるんだよ！」

　傍から見れば、包みに向かってひとりで怒鳴り散らしている小童だ。道行く者は、気味悪そうにながめて通り過ぎたが、トサの前で立ち止まる者があった。

「おまえ、腹へってんのか？　これ食うか？」

　最初に邪険にされた店で売っていたものと同じ、木の実を練り込んだ餅菓子だった。

　トサが声の主を見上げる。トサよりも、二、三年上だろうか。十五、六に見える少年の顔があった。目が細く狐に似た顔立ちだが、笑顔は案外気さくだった。色の褪めた鬱金色の着物を、尻で端折っている。

「いいのか？　くれるのか？」

「ああ、何なら、もうひとつやるよ。ほら、両手を出しな」

胡桃餅につられて、トサは素直に手の平を上に向けて両手を出した。狐目の少年は、右の手にひとつ、左の手にひとつ、胡桃餅を握らせる。空腹の極みであっただけに、トサが右手の餅にかぶりつく。と、同時に、オビトの入った布包みが、膝の上から消えた。

瞬きするほどのあいだに、少年が包みを抜きとったのだ。青い包みを抱えた少年の姿は、みるみる遠ざかる。トサは慌てて、後を追った。

「ふふっほは！　ふははえへふへえ！」

盗人だと叫んでも、口の中が餅でいっぱいで声にならない。こんなときでさえ腹は正直で、餅と胡桃と蜜の甘さをしっかりと噛みしめる。

少年は顔ばかりでなく、走る姿も狐のようだ。長い両脚はしなやかに土を蹴り、足自慢のトサですら容易に追いつけない。その姿が横に逸れ、ふいに見えなくなった。

「ちくしょう、どっちに行きやがった」

市の中は出店が複雑に入り組んでおり、通り道には人があふれている。あっちの小路を探し、こっちの路地を覗きと、方々を駆け巡ったが見つからない。

「どうしよう……こんな餅ごときに、つられたばっかりに……」

左手に残った、もうひとつの胡桃餅を見詰める。迂闊なことに、盗まれるとは思ってもみなかった。盗んだ奴は、中身を知っていたのだろうか？　オビトとの縁は、これっきりになるのか？　二度と会えないのだろうか？

さっき感じた頼りなさが、何倍にもなって、足許から這い上ってくる。

「おっさん……オビト……どこにいるんだよ……」

泣き言がこぼれたとき、その声が耳に届いた。

「トサぁーーーっ！　トサぁーーーっ！」

トサの名を、呼んでいる。市の人声にかき消され、かすかにしかきこえないが、間違いなくオビトのがなり声だ。かなり遠いが、方角はきき分けられる。

「こっちだ！」

餅を懐に突っ込んで、声のする方角に向かってひたすら走った。

やがて市が切れて、広い場所に出た。目の前には、湖が広がっていた。岸辺には湖面を縁取るように、葦が繁っている。トサの少し先で、葦の繁みががさりと音を立て、一艘の小舟が湖に漕ぎ出した。舟には男がひとり、こちらに背を向けているが、色の褪めた鬱金色の着物と長い手足は、さっきの奴に間違いない。

「野郎、逃すか！」

一直線に目掛けて走り、舟にとび乗るつもりで、葦原をとび越して湖にとび込んだ。

舟には届かなかったものの、舟のすぐ傍で大きな水飛沫(みずしぶき)をあげる。谷川や滝壺(たきつぼ)で、泳ぎは慣れている。ほどなく舟にとりついて、水面(すいめん)から顔を出した。

「やい、この盗人！　オビトを返せ！」

「驚いたな、このおれに追いつくとは……小(ち)っせえわりに、やるじゃねえか」

狐目の少年は、驚きを素直に口にして、トサを舟に引っ張り上げた。

波模様の布包みは、舟底にころがっている。ずぶ濡(ぬ)れのまま、トサが結び目をほどくと、涙目で髭面(ひげづら)をくしゃくしゃにしたオビトが現れた。

「何だよ、情けない顔しやがって。そんなに怖かったのか？」

「そうではない！　このままおまえに二度と会うことが叶(かな)わぬかと……そう思うと、何とも悲しゅうなってな……」

ぽっ、と何かが、トサの胸に灯(とも)った。嬉しさを含んだぬくもりと、そして、わずかな怖さを伴(ともな)った面映(おもは)ゆい思いだ。

「なんだ、おっさんも同じだったのか」

小さな呟(つぶや)きは幸いにも、少年の頓狂(とんきょう)な声にかき消された。

「こいつはすげえ、本当に首がしゃべるのか」

「これ、盗人、さっさと舟を岸に戻さぬか。我らを素直に返すなら、不束(ふつつか)は許してやさと行こうぜ」

「今度は泣き落としかよ、調子のいい野郎だな。構うことはないぜ、おっさん。さっ

狐目の少年が、いきなり舟上で正座した。深々と下げた頭の上で拝み手をする。

「御首さま、頼む！　頭を助けてやってくれ！　このとおりだ」

って も……」

「このままじゃ頭が、消去の国に連れていかれちまう！　消去の鬼と話ができるのは、御首だけだときいたんだ。盗んだことは、いくらでも詫びる。どんな罰でも受ける。だから後生だ、瑞奇丸を助けてくれ！」

舟底にからだを丸め、身を震わせながら訴える。決して芝居ではなさそうだ。また、御首にしかできないと、少なくとも少年は信じているようだ。

「消去の国とか鬼とか、わしにはさっぱりわからぬが」

「おい、おっさん、かかずらうとろくなことにならねえぞ。さっさと行こうぜ」

舟を戻さずとも、岸まで泳いで帰ればいい。トサは相手にしなかったが、オビトは興味を抱いた。少年の頭を上げさせて、いま一度、真意を確かめるようにたずねた。

「御首にすがりたいのなら、最初から申せばよいではないか。何故、盗みなどという荒っぽい真似をした？」

「おれはもともと、盗人だから。盗人の頼みなぞ、きいてはくれねえと……それに、もう時がねえんだ。頭は今夜にでも、消去の国に行っちまう……だから無理にでも、御首を頭の許に運ばねえとって……」

縁の赤くなった細目をしばたたかせながら、神妙な顔でこたえた。

「おまえ、名は？」

「日達丸……」

ひとまずわけを話してみろと、オビトは促した。

「頭の名は、瑞奇丸。瑞奇党は、ひところは洛陽の都で、もっとも名を馳せた盗賊だったんだ」

櫓を漕ぎながら、日達丸は得意そうに語った。一刻も早く御首を連れて、頭の許に戻りたい。日達丸は懇願し、塒に向かいながら話をきくことになった。

「じゃあ、何か？　おれたちは、わざわざ盗人の塒に向かっているというわけか？」

「危ねえことは、何もねえよ。もう、おれたち三人しか残ってねえから。頭と兄貴と、おれだけだ」

悲しそうに、日達丸の肩が落ちた。

「今年の春までは、二十人はいたんだ。でも、おれたち三人より他はみんな……」

「捕まったのか？」

「いや、みんな死んだ……」

瑞奇丸率いる瑞奇党は、洛陽に近いさる村から、騎馬で徒党を組んで、夜な夜な都の物持ちを襲っていた。しかし遂に、百を超える警護の者に囲まれて、三人を除いたすべての賊が、その場で斬り殺されたという。

「哀れとは思うが、悪事を働いたのだ。盗賊の末路としては、いたし方なかろう」

「先におれたちから奪ったのは、貴人や侍じゃねえか！」

もっともらしいオビトの物言いに、日達丸が気色ばんだ。

「戦で田畑が荒らされて、わずかに残った食い物すら、年貢として貴人に取り立てられた。このままじゃ、村の者すべてが飢え死にする。だったら奪われたものをとり返すしかねえって、頭は瑞奇党を立ち上げたんだ」

瑞奇丸は三十過ぎの男で、村では智慧者だった。二、三人の仲間とともに、最初に奪ったのは馬と弓である。馬術と弓術を訓練させ、そのあいだにも仲間は増えていった。

「おれの親はふたりとも、戦の巻き添えを食らって死んじまった。だから、仇討ちみてえなつもりもあって、瑞奇党に入れてくれって頭に頼んだんだ」

　二十を超える騎馬で徒党を組んで、風のように都を駆け抜けて、物持ちの家を襲い盗みをくり返した。一年ほどは首尾よく運び、戦利品は村の者たちに分け与えた。

　しかし都の警護隊も、本気で取締りにかかった。都の大路で数多の兵に待ち伏せされた挙句、多くの仲間が命を落とした。しかしそれだけでは済まなかった。どうにかその場を逃れた三人が村に戻ると、村にもすでに手がまわっていた。

「頭の家から兵が出てきて、女の首をぶら下げていた。頭のたったひとりの妹、おきぬさまの首だった……」

「なんと酷いことを……」

「頭も深手を負ってろくに動けなかったのに、おきぬさまを見たとたん、狂ったようになってとび出していこうとした。おれと兄貴で懸命に抑えて、引きずるようにして村から離れたんだ」

　瑞奇党一味の身内は、女子供を問わず根絶やしにされて、村も焼き払われた。残った者は散り散りになり、いまも行方がわからない。三人は於保津まで落ち延びて、川岸のあばら屋で身を潜めて暮らしているという。

「おまえはいまも、盗みを続けておるのか?」

「ほかに生計の当てがねえからな。といっても、頭はいまも傷が癒えてねえから、けちな盗みしかできねえけどな」

二十歳過ぎの兄貴分が、空き巣のような真似をして、日達丸は方々の市から食い物をかっぱらって凌いでいるという。いつ追手に踏み込まれるかわからないだけに、ひとつ所には落ち着けない。

「まともに働いてみようとは、思わなんだのか。そんな暮らしは、長続きはせぬぞ」

「盗みが悪いってことは、わかってるよ。でも、ほかにどうしろっていうんだよ。瑞奇党がなけりゃ、村の者は冬を越せなかった。きっと子供や年寄りがたくさん死んだ。おれみたいな親なしは、なおさらだ。たぶん最初にくたばっていた。おれがいまこうして生きているのは、頭と兄貴のおかげなんだ」

ひどく真面目な顔だった。狐に似ているだけに、無垢な獣を思わせる。

「おれも、それっぱかりは、この盗人の言い分が正しいと思う」

「これ、トサ。何を言うか」

「生きるためなら、盗みも人殺しも仕方がねえ。盗まねえと、殺さねえと、こっちが死んじまう。だったら、どうすりゃいいんだ? おとなしく、死ねってことか?」

「トサ、やめんか！　いかなわけがあろうと、人殺しばかりは決して許されぬぞ」

「じゃあ、おきぬっていう、こいつの頭の妹は？　どうして殺されたんだ？　殺した都の兵は、どうして罰せられねんだ？」

「それは……」

こたえに詰まり、オビトが口ごもる。

「盗人の身内から、また別の盗人が出るからか？　それとも、身内が仇討ちに来るとでも思ったか？　都人は、それが怖かったのか？　向こうだって、同じじゃねえか。てめえが安んじるために、女子供まで容赦なく殺す。なのに連中が善で、こっちが悪だってのか？」

盗みはいけない、殺生はなおいけない。ましてや人を殺すなぞもってのほかだ。オビトにとってのあたりまえが、トサの唾を浴びただけで、古びた土壁のようにぼろぼろと崩れてくる。

オビトの脳裡に浮かんだのは、あの夢だ。大刀をふり上げて、罪人の首を斬る。あの首斬りは、オビト自身だった。商人、百姓、男、女、年寄り……そしてトサくらいの歳の子供まで。

あの者たちは、おそらく悪事をなして刑を受けた。だが、悪事とは何だ？　誰にとっての悪事か、誰が善悪を判じるのか。少なくとも首斬りたるオビトが、決めたわけではない。幕府か領主か、御法か役人か、あるいは町人や村人か。

権と力、政、常識、風潮、時代——善悪とはこれらによって、猫の目のようにくるくると変わる代物ではなかろうか。

領主に歯向かえば斬罪を受け、村落の和を乱せばはじかれる。村のあたりまえは町では通用せず、国が変われば法も異なる。殺生を戒めながら、国のため都のため村のためなら当然のように許されて、褒美すら賜る。

強いて言えば、大勢か。より多くの者が、あるいはその時々に権を握り土地を支配する者が、善悪すら決めるのだ。何と胡乱で、あやふやなものか。

その噓くささを、トサの鼻は正確に嗅ぎ当て、実に脆い作りの紛い物であることを看破した。

「トサ、いまのわしには、こたえられぬ」

すまん、と詫びると、オビトの頭の上でトサが舌打ちした。

「別にいいよ。こたえをきいたところで、何が変わるわけでもねえし」

夕暮れが近づいて、風が出てきた。ギイ、ギイと櫓を漕ぐ音に、秋草を鳴らす風の音が重なる。思い出したように、トサは日達丸に言った。

「そういや、おめえの方の続きは？　なんとかの国がどうとかって」

「消去の国だ」

「それ、どこにあるんだ？」

「知らねえ……ていうか、御伽噺みてえなもんだ。おれは、そう思ってた」

「いわば、作り話ということか？　ならば何故、それほど恐れる？」と、オビトが重ねる。

「色々と、そろっちまったからだ。百と八日の願掛けと、梵字を刻んだ数珠……それに、逆三日月」

「逆三日月というと、二十六夜か」

　二十六夜の月は、三日月の向きを逆さに置いたように、東に弧を描く。故に逆三日月ともいった。西日色に染まりはじめた空には、月はまだ出ていない。

「『日の出前、東の空に船の形をした細い月が昇るとき、消去の国への扉が開く』」

　日達丸が、まじないのように唱える。

「それが今宵、いや、明日の日の出前ということか」

　櫓を漕ぐ手を止めて、こくりとうなずいた。二十六夜が近づくにつれ、日達丸の不安は増した。そしてこの間際になって、御首と口にする子供が現れた。

「おめえ、あの市で、おれをつけていたのか?」

「そうだ、胡桃餅の店からずっと。方々の店で御首を知ってるかと、妙なことをたずねまわっていたろう? で、気づいたんだ。その包みが、ちょうど人の首くらいの代物で、おまけに時々、包みに向かって話しかけていた」

「なるほどな、それで見当をつけたのか。おかげでまんまと騙された」

腹立ちを思い出したように、トサは日達丸をちらりと睨んだ。

「だが、やはり肝心のところがようわからぬ。消去の国と御首が、どう関わるのだ? いったいわしに、何をせよと?」

「このおっさんには、神通力なぞたいしてないぞ。せいぜいおれに向かって怒鳴るくれえだ」

「その辺は、おれもよくわからねえ。消去の国も御首も、みんな兄貴の受け売りだから」

日達丸は櫓を放し、岸に向かって棹を立てた。船着場らしきものはなく、河原に舟をつけて下りるよう促した。

「さあ、着いた。細けえところは、兄貴にきいてくれ」

トサはオビトを布でくるんで、身軽に岸にとびおりた。

思った以上に、粗末な塒だった。小屋の壁は、板でも土でもなく筵で覆われ、上に筵の屋根を載せてある。同じような筵小屋が、川の両岸にいくつも点在していた。雨が降れば、容易く水に浸かってしまう。それでも土地や職をもたない者たちは、ここより他に行き場がなく、そして意外なほどに、暮らす者たちの顔は呑気で明るかった。

「へええ、こいつはたまげた。本当に首の姿で生きてやがる……ちょいといいか？　うへえ、下は血糊が固まってら。奇っ怪だなあ」

前から横から後ろから、とっくりとながめ、最後にオビトをもち上げて首の下を覗き込む。顔をしかめながらも、さほど恐れるようすはない。

「お主、なかなかに肝が据わっておるようだな」

「はは、こいつはいい。生首に褒められちまった。おれは焙烙丸だ、よろしくな」

焙烙は素焼きの平たい鍋だが、ちっとも似ていない。長身でひょろりと手足が長く、獺のような剽軽な顔立ちだ。

「兄貴、頭のようすは？」

「変わらねえよ。彼の国へ行きたいと、ひたすら念じていなさる」

曲がりなりにも、小屋はふた間に分かれていて、奥が頭の間であるようだ。

日達丸が、筵の仕切りをめくって中を覗く。薄暗い部屋に、背を向けて座る男の姿があった。意外にも小柄で、長い木珠を首にかけている。一心に祈っているようで、低い念仏がきこえた。

日達丸は声をかけることをせず、そのまま筵の帳を下ろした。小さなため息をつく。

「おれ腹がへった。何か食わせろ」

素っ気ない物言いだが、トサなりの気遣いだろうか。日達丸が、にっと笑う。

「外の竈で雑炊を炊いてやる。おめえは水を汲んでこい。そのあいだに火を熾しておくからよ」

わかった、と渡された素焼きの甕を抱えてトサが出ていき、日達丸も続く。

「さて、焙烙丸と言ったか、仔細を説いてくれぬか。消去の国とは何だ？　御首のわしに、何を頼もうというのだ？」

「そうだな……おれたちも、外に行こう」

頭の耳をはばかってのことだろう。ちらりと頭の間に視線をやってから、オビトを抱えて立ち上がる。すでに日はだいぶ暮れて、見通しは利かない。周囲に人の目がないことを確かめて、焙烙丸は小屋から少し離れた流木に腰かけた。流木の前にある、平たい石にオビトを下ろす。

　案外気が合うのか、トサと日達丸がはしゃぐ声が遠くにきこえる。

「歳の近い相手とは久方ぶりだから、楽しそうだ。いつもはわしと、ふたりきりだからな」

「オビトは、武家なのかい？」

「おそらくな。ただ、この姿になるより前のことは、何も覚えておらぬ」

「そうか……昔の覚えがなけりゃ、消去の国にも引き込まれようがない。御首が唯一(ゆいいつ)無二(むに)ってのは、そういうことか」

　ひとり納得する焙烙丸に、初手から話せと文句をつける。

「消去の国には、消去の鬼が棲(す)んでいる。消去の鬼は、人の物思いを食らうんだ」

　過去をふり返れば、物思いの種はいくらでも落ちている。悔いや恥、悋気(りんき)や怒り、別れと悲哀……。楽しいばかりの人生など、あり得ない。

　だが、あまりに辛(つら)い出来事に遭うと、心がそこで立ち止まってしまう。時はその脇を砂のように流れるだけで、前には進まない。薄れることのない悲嘆だけが現実となり、自責の念に囚(とら)われる。

　忘れたいと切(せつ)に願う、忘れなければ生きていけない。あまりに重い物思いを、消去の鬼は食らうという。

「瑞奇丸は、妹を亡くしたそうだな。その悲しみを、鬼に食わせようというのか」

「悲しみなんて、生易しいもんじゃねえ。頭にとって、おきぬさんはたったひとりの身内だった。親代わりになって大事に育てて……二日後には祝言を控えてた」

「何と……さようであったか」

「相手は頭の右腕だった、天宝丸って奴だ……おきぬさんも天宝丸も、あんなに幸せそうだったのに！」

嗚咽とも呻きともとれる慟哭が、焙烙丸の喉から絞り出された。トサと日達丸の笑い声と重なって、いっそう切なくオビトには響いた。

最愛の妹を、最悪の形で失い、多くの仲間と支えであった村さえ失った。その責めは、瑞奇党を率いていた自らに凝縮される。

「頭は抜け殻みてえになっちまって、惚けた爺いみてえに日がな一日ぼんやりしていた。飯もろくに食わず、どんどん痩せ細ってくる。おれと日達丸じゃ慰めようもない。だから、占い婆に頼ったんだ」

「占い、だと？」

「ああ、この川のずっと下手に、結構名の知れた占い婆がいるんだ。藁にもすがる思いで、訪ねてみた。消去の国があると、教えてくれたのはその婆だ」

百と八日のあいだ、百と八つの珠を作り、梵字を刻む。数珠に仕上げて託宣が下りれば、逆三日月が上る二十六日の宵に、消去の国の扉が開く。物思いを食らい、抜け殻となった現身を、消去の国へと連れていく――。

「御伽噺というか、眉唾ではないのか？」

「まあな、おれも内心信じちゃいなかったが、それでもよかった。少しでも頭の気散じになるなら、何でもよかったんだ」

少なくとも、瑞奇丸は信じた。いや、たったひとつの光明として、すがったのだ。

「では、瑞奇丸が首にかけていた木珠の数珠は……」

「ああ、頭とおれで拵えたんだ。おれの親父は、板から木を丸くくり貫く、珠挽き職人でな。親父が死んで、修業も半端になっちまったが、拵えようくらいはわかる」

特殊な刃物を用いて、板から珠をくり貫くことを珠挽きという。それを磨き職人が磨いて、数珠となる木珠が作られる。道具や材を調達し、焙烙丸が珠挽きを担い、瑞奇丸が磨きをかけて、小刀で梵字を刻んだ。

「数珠を作りはじめてから、頭もだいぶ落ち着いてな。相変わらずぼうっとして口もほとんど利かねえけど、飯は少しずつ食うようになった」

焙烙丸と日達丸は大いに安堵したが、いざ数珠が仕上がると、とんでもないことが起きた。いわば託宣が下りたのだ。

「託宣、とは？　仏が夢枕に立ったとでもいうのか」

「そうじゃねえ。頭が珠のひとつひとつに刻んだ梵字が、たった一晩で、焼け焦げて黒く浮かび上がっていたんだよ！」

このままでは、瑞奇丸は消去の国に連れ去られ、二度と帰らない。それはふたりにとって、頭の死と同じだ。

「おれは慌てて、占い婆のもとに走った。で、婆からきいたんだ。消去の鬼に食われることなく話ができるのは、御首だけだと。それが四日前の話だ」

なるほど、とようやくオビトが得心する。消去の鬼は、物思いという名の、いわば人の過去世を食らう。しかしオビトには、もとより過去がない。

「御首は、誰もが過去世をもたぬのだろうか？　ならば、トサはどうなのだ？　あれもまた、過去世をほとんど覚えてはおらぬ」

口の中で自問したが、当然こたえは出ない。焙烙丸は呟きに気づかず、先を続ける。

「おれは那良に行って、御首を探すつもりでいた。だが、婆が言ったんだ。まもなく御首は於保津を訪れる。縁があるのは日達丸だから、あいつに探させろって」

「ほう、たいした婆だな。お告げのとおりに、こうして出会うとは」

「だから頼む！　頭を連れていかぬよう、消去の鬼に話をつけてくれ。このとおりだ！」

焙烙丸は河原に正座して、オビトの前で頭を下げた。

「必ずとは言えぬが……よかろう、一宿一飯の恩だ。できるかぎり努めてみよう」

「ありがてえ！　よろしくお頼みしやす、御首さま」

焙烙丸は顔を上げて、安堵の笑みを広げた。

「おーい、オビト、飯ができたぞお」

とっぷりと暮れて、河原は闇に覆われていた。その向こうからトサの声がした。

「そろそろか……逆三日月が昇る頃合だ」

緊張を含んだ声音で、オビトは告げた。

五人は闇に沈んだ河原で、月の出を待っていた。闇に慣れた目が、ひと塊（かたまり）になった三人の姿を捉える。真ん中の瑞奇丸の脇に、焙烙丸と日達丸がぴったりと寄り添っていた。

「おまえたちには、世話になったなあ。おれが向こうへ行っても、達者で暮らせ」

「やめてくれよ、頭、縁起でもねえ。それじゃあまるで、今生の別れみてえじゃねえか」

日達丸は涙声で訴え、行かせまいとするように頭の左腕にしがみつく。焙烙丸もまた、頭の右に陣取って、懸命に引き止める。

「なあ、頭、やっぱり考えなおしてくれねえか。おれたちは、頭と一緒にいたいんだ」

瑞奇丸は、小柄な上に目鼻も小作りで、盗賊団の頭目にはとても見えない。やんわりとした笑みを広げて、諭すようにふたりに告げた。

「こんな穏やかな心持ちになったのは、おきぬや皆が死んで以来初めてだ。ようやく楽になれる。このからだに棲みついた、悲しい物思いから抜けられるんだ。おれの旅立ちだと思って、どうか憂いなく見送ってくれ」

頭を挟んだふたりから、すすり泣きがもれる。

オビトをもち上げたトサが、耳許で小声でたずねた。

「なあ、消去の鬼ってどんなかな？　やっぱり昔話にあるように、からだが赤や青ででっかいのかな？　角は一本かな、二本かな？」

「トサ、おまえひとりだけ、まったく締まりがないな」

「おれだって、日達丸のためには頭に留まってほしいよ。でも、頭は行きてえと望んでるんだろ？　オビトは止めるよう頼まれたけど、本当にそれでいいのか？」

「そうだな……わしにもわからん」

難しい問答だ。どんな辛苦に苛まれようと、いつかは時の移ろいが癒してくれる。失った悲しみは消えずとも、昔の良き思い出が、ゆっくりと慰めてくれるからだ。ただ、そこに行きつくまで、耐えられぬ者もいる。瑞奇丸もそのひとりだ。

「消去の国とは、狂に似ておるのかもしれぬな……」

苦しみと向き合い続けることに疲れ果て、心をこの世から解き放つ。狂もまた、忘却の手段であろう。と、焙烙丸がかすれた声をあげた。

「月が昇った……逆三日月だ」

丑の刻を過ぎて、寅の刻の半ばあたりか。東の空に、白い爪痕のような月が浮かんだ。

左に弧を描いた姿は、西に向かって矢を射んとする弓のようだ。一同は固唾を呑んで、二十六夜の月をじっと仰いだ。沈黙と緊張に耐えられず、ふたたびトサが耳許でささやく。

「月が出ると扉が開くって、この場にででんと戸板が出てくるのか？」

「トサ、少し黙らんか」

オビトは窘(たしな)めたが、あっ、とトサが叫んだ。

「月が霞んだ……雲が出たのか？」

たしかに月の白い輪郭(りんかく)が、滲(にじ)むように溶(と)けていく。どうやら雲ではなく霧のようだ。月のまわりを漂(ただよ)っていた霧は、見る間に地上にも押し寄せてきて、たちまち辺(あた)りが真っ白になる。煙に巻かれたように何も見えない。

「トサ、大丈夫か？　これ、トサ、何か返せ」

瑞奇丸たち三人の姿はかき消えて、トサからも返事はない。ふいにトサに抱(かか)えられていたはずのオビトの首が、すうっと宙に浮かんだ。

「久方ぶりだのう。また会えて重畳(ちょうじょう)だ」

オビトの目の前に、ひとりの女が立っていた。ひっ、と喉の奥が鳴る。

長い裾を引いた白い衣に、長い黒髪。肌は白く、唇は血のように赤い。だが、表情はまったく読めない。目鼻のところには濃い霧がかかり、滲んだように揺れているからだ。

「わしのことを、覚えておらぬのも仕方がない。おまえの過去世を食ろうたのは、わしだからな」

「何だと……ではおまえが、消去の鬼か？」

「いかにも」

赤い唇が、にんまりと横に広がる。混乱した頭で、必死に考えた。しかし思い出そうとするそばから、すべては霧さながらに消えていく。

「もしや……わしもまた、消去の国に行きたいと望んだのか？　担いきれぬほどの悲しみを、忘れたいと願うたのか？」

「さよう。だからわしが過去世を食ろうてやったのに、おまえは既のところで裏切おった。わしとともに消去の国に行くのを拒み、何かを願った」

「何かとは、何だ？」

「わからぬ……わからぬが、わしへの願いとは相容れぬものだ」

何だ？　自分は何を願ったのだ？　いや、それよりも確かめたいことがある。

「御首になったのは？　わしをこんな姿にしたのも、おまえなのか？」

「いいや、それはいわば、おまえの願いが成就した姿であろう」

「この浅ましき姿が、願いの果てだというのか？」

「おそらく、おまえの最後の願いをきき届けたのは、御首だ。願いを受けて、おまえできけばきくほど、かえってわからぬことが増えてくる。あの迷いの森に、踏み込んでもいるようだ。

「そうだ、もうひとつ教えてやろう。御首のオンは、本当は字が違うのだ」

表情は滲んで読めぬのに、眼前の鬼女がたしかに笑ったように見えた。

「オンは怨みの怨……すなわち、怨首だ」

髪が逆立つほどの、恐怖が走った。唇がわなわなと震え、絞り出した声がかすれた。

「御首は、怨首……怨みの首、怨念の首ということか」

——御首は、禍を連れてくる。舵婆から、都の噂を伝えきいた。

禍とは、御首自身ということか——。深い絶望に襲われた。

「しかしまさか、おまえがこの童と同行しておるとはな。わしも驚いたわ」

鬼の言葉が、オビトを物思いから引き戻した。

「トサのことを、知っておるのか？　もしや、トサの過去世を食ろうたのも……」

「むろん、わしだ。この童はおまえとともに、この消去の鬼を呼び寄せたのだからな」

「ともに……？　では、わしとトサは、やはり深き関わりがあるのか？」

「さあな、現世の関わりなぞ、あずかり知らぬ」

「だが、お主はわしとトサの過去世を食らうたのだろう？　ならば……」

「わしがわかるのは、味だけだ。食ろうた魚が、どの海でどのように生きたかなぞ、誰もわからぬし気にもせぬだろう？　それと同じよ」

鬼女は愉快そうに、くつくつと喉の奥で笑う。オビトは低くたずねた。

「……わしらの過去世は、旨かったか？」

「童の方は味が淡かったが、まあ、子供にしては悪くなかった。おまえは余計なことを考える故にえぐみが強くてな、ひどくまずかったぞ」

この鬼にとっては、人の思いも大事な記憶も、酸いか甘いか塩辛いか、味の違いでしかない。オビトは唇を噛みしめた。手掛かりを得たというのに、謎がふくらむばかりだ。

「さように小難しく考えずとも、御首ならば波賀理（はかり）を使えばよかろう」

「なに？　波賀理とは、失った過去世を呼び戻す道具なのか？」

「本来の使い道は異なるが、思い出すことはできよう。わしが食ろうても、過去世が消えるわけではない。この霧のように、姿が見えなくなるだけよ」

過去世の切れ端は、胸の片隅に息を潜めて張りついている。きっかけさえあれば、ふたたび表に出てこようと、消去の鬼は語った。

「さて、そろそろ、今宵の飯をいただくとしようか」

「やはり瑞奇丸を、連れていくのか？」

「いや、その男ではない。わしを呼んだのは、別の者だ」

え、と驚いて、オビトはふり向いた。この霧の中では、己の首を自在に動かせるようだ。霧の中から、手足の長いひょろりとした姿が現れる。

「焙烙丸……どうして、おまえが？」

生気を失った眼差しで、焙烙丸はオビトを見返した。

「おきぬさんが死んだのは、おれのせいなんだ……おれがあの人を殺しちまった。子供の頃から、ずっとずっと焦がれていたのに」

「どういうことだ、焙烙丸。わけを話せ！」

「おきぬを誰にも渡したくなかった。祝言の前に、天宝丸を始末するしかなかったんだ。でも、おれの腕じゃ、天宝丸にはとても敵わねえ。だから、ごろつきを雇って、そいつらに兵のふりをさせて、どさくさに紛れて殺っちまおうと企んだ。なのに……あんなことに……」

雇われたならず者は、もっといい儲け話に鞍替えした。焙烙丸が瑞奇党の一味であり、次の襲撃場所も摑んでいると、褒美目当てに役人に知らせたのだ。役人は焙烙丸を調べ上げ、瑞奇党の塒であった村を突き止めた。瑞奇党が都に現れるその日に合わせて、一味と村に残った者たちを一網打尽にしたのだ。

「最初は、頭のために数珠作りを手伝った。でも、気づいたんだ。本当に消し去りたいのは、てめえ自身だった。だから、頭が刻んだ梵字に墨を差して、黒く潰したんだ」

「わしにとっては、用のない代物だがな。人というものは、道具だの手間だの何かしらかけたがる」

　数珠も梵字も、消去の国へ行く方途として、人間が勝手に編み出したものに過ぎないと、鬼は笑った。

「おれが消し去りたかったのは、苦しみでも物思いでもない……このおれ自身だ。頭と日達丸には、あんたから詫びを伝えてくれ」

　紅を塗った鬼の赤い口が、かっ、と開いた。焙烙丸の胸から黒い霧が漂い出して、鬼の口へと吸い込まれていく。

「ふむ、なかなかによう熟れていて、良い味わいだ」

　黒い霧を味わい尽くすと、鬼はべろりと赤い唇を舐めた。黒い霧に染まったのか、その舌は墨色だった。焙烙丸は魂を抜かれたように、ぼんやりと佇んでいた。

「用も済んだし、そろそろ去ぬか。ではな、御首、もう会うこともあるまい」

鬼女が踵を返し、焙烙丸も後ろに続く。歩いているわけではなく、ただふたりの姿がどんどん離れていく。

「待て！　まだききたいことが……！」

声は虚しく霧に吸い込まれ、その霧もしだいに晴れていく。気づけばオビトは、トサの両手の上に収まっていた。

「あれ？　いつの間に、明るくなったんだ？」

トサがきょとんとして、オビトを見下ろす。空はわずかながら、白みはじめていた。

「よかった、頭！　消去の国に、行かずに済んだんだな！」

日達丸に抱きつかれ、瑞奇丸は小さな目をしばたたかせる。

「不思議だな……何だか久方ぶりに、目が覚めたような気がする」

頭の物思いごと、焙烙丸は抱えて去ったのか。瑞奇丸の顔は、憑き物が落ちたように、どこかすっきりとして見えた。

「おまえたちに、伝えねばならぬことがある……焙烙丸のことだ」

「ほうろく丸？　って誰だ？　そんな仲間、瑞奇党にはいねえぞ」

日達丸に返されて、オビトは息を呑んだ。瑞奇丸もやはり、首を傾げる。

「消去の国とは、そういうことか……」

夜の色が抜けた空に、薄ぼんやりと逆三日月が浮かんでいた。

第6話 和茅国（わちのくに）

「っかしいなあ。誰にきいても知らぬ存ぜぬだ。波賀理のはの字も出てきやしねえ」

　どさりと道端に尻を落とし、足を投げ出す。

「あのクソ坊主、でたらめを抜かしたんじゃねえか？　言われたとおり那良に来てみれば、だあれも御首なぞ、知らねえじゃねえか」

「これ、トサ、言葉を慎まぬか。あの御坊も、確たる証しがあったわけではない。手掛かりがあるやもしれぬと言うておった」

「百里も無駄足を稼いだってことか。けっ、面白くもねえ」

　オビトはたしなめたが、トサはすっかりやる気を失ったようだ。後ろにぱたりと倒れて、大の字になった。

　二日前、トサとオビトは、旅の終着地としていた那良に着いた。この古都を日指したのは、旅で行き合った、さる法師の助言を受けてのことだ。

　首の姿となった己が因果を、オビトは突き止めたかった。オビトが異形となった顛末を知ることで、トサもまた、失った過去の記憶を取り戻すかもしれない。ともに来し方が白紙のままでは、行末も決められない。

　――御首さまは『波賀理』をあつかえる唯一無二の者だと
　法師はそうも言った。波賀理とは道具の類であるようだが、形も使いようもわからない。ただ、波賀理は御首に欠かせぬ代物だときかされた。

——御首ならば波賀理を使えばよかろう

消去の鬼もまた、法師の申しようを裏付けた。顔のない鬼女の姿を浮かべると、またあの言葉が耳によみがえる。

——オンは怨みの怨……すなわち、怨首だ

いくら払っても、呪言のように鬼女の声が耳によみがえる。

「おい、おっさん、きいてんのか？」

トサの声で我に返った。この声だけが、物思いの黒い淵に立つオビトを、現実に立ち戻らせる。

「しっかりしてくれよ。こっから先、どうするって話だよ」

古都、那良に行けば、波賀理を探すきっかけが見つかるかもしれない。そう考えて、ここまで旅を続けてきた。

那良は仏教の都。寺が林立し、僧侶や学者には事欠かないが、しかし誰にたずねても、波賀理の手掛かりは得られなかった。

それどころか、洛陽の都や於保津と同様に、御首は不吉とされ疎まれた。オビトが口を利くだけで、腰を抜かしたり悪霊退散を叫んだりと、さんざんなあつかいを受けた。

　かと言って、トサひとりでは新手の物乞いかと、門前で追い払われるのが関の山だ。法師の言に踊らされたと、トサが怒るのも無理はない。

「トサ、わしらは……」

　ここで別れよう――。何度も口を衝きそうになったが、どうしても声にならない。怨念の首と一緒にいては、感じやすい年頃のトサに、どんな障りとなるか。いや、もしかしたら、すでに何らかの影を落としているかもしれない。

「なあ、御首の正体がわかったとして、おっさんはどうすんだ？」

「どう、と言われても……」

「たとえばよ、御首仲間がいたり、御首を祀る堂があったとしたら、おっさんはこの先、御首さまとして生きるんだろ？」

「まあ、そうなろうか……」

「んじゃ、おれとの旅もここまでだな。ようやく、清々すらあ」

　声はからりとしていたが、どこか緊張をはらんで上ずっている。

「トサ……本気で言うておるのか？」

　ああ、とこたえたが、その顔はどこか不安気で、ひどく頼りなく見えた。

　自分がためらっていた一言を、逆にトサから告げられた。これまで迷っていた理由を、オビトは思い知った。まるで親に捨てられた子供さながらだ。絶望に近い悲しみと、絶対の寂しさが、ひと息にあふれてくる。

「もしも御首堂なぞがあったとして、きっと寺や社(やしろ)みてえなもんだろ？　お寺社なぞ退屈窮(きわ)まりねえし、おれにはとてもつき合えねえ。おっさんを預けたら、おれはひとりで行くよ」

「行くとは、どこに？　子供ひとりで旅なぞ、危(あや)うくてさせられぬわ」

「いやいや、いままでだって外から見れば、おれのひとり旅じゃねえか。おっさんは、重たい上によく吠(ほ)える、面倒な荷だ。下(お)ろすことができれば、よほど身軽になるってもんだ」

　半分は、本音だろう。口の煩(うるさ)い親のように、オビトは疎ましい存在だ。いない方がのびのびとできようが、悪口(あっこう)の底には、オビトと同じ悲哀と寂寥が張りついている。わざわざこんな話を始めたのが、その証しだ。

　どんなに生意気だろうと大人びていようと、心のどこかで庇護(ひご)を求めている。それが子供であり、大人になっても、親子の間柄は変わらない。無償の情を注(そそ)いでくれる者が、この世にひとりはいる。そう思えることは、生きていく上で、唯一無二の拠(よ)り所となる。

血を分けた身内以外に、伴侶であったり仲間であったり、あるいは仕事や学問、道楽でもいい。少しずつ拠り所となり得る他者を増やし、足場を築いていくことこそが、人生の本質である。

旅を経たいま、トサはすでに我が子に等しく、中途半端に放り出すことなぞ、とてもできない。

異形の姿となった己に戸惑い、鬼女の言に卑下を深め、トサのためにと言いながら、己のことしか考えていなかった。

そもそもこの旅が、オビトの身勝手から始まり、トサは文句を吐きながらも律義につき合い、この那良まで首の男を運んでくれた。

その恩義に、いまさらながら深く感じ入った。

「トサ、このまま都に行こうか」

「なんだよ、いきなり」

「気が急いていたからな。於保津から南へ逸れてしまったが、どうせなら、洛陽の都を拝みたいではないか」

何が正しいのか、わからない。それでもトサが喜ぶのなら、それで十分ではないか。

嘘のように霧が晴れて、鬼女の姿もかき消えた。靄が去ると、そこにはトサだけがいる。

「洛陽から、西に足を延ばすのも良いか。わしも僧や神主のたぐいは、性に合わぬからな。おまえと気ままに旅をする方が、よほど心惹かれるわ」

「ちぇっ、勝手なことを抜かしやがって。これまでの旅が、無駄になるじゃねえか」

「無駄ではないぞ。旅の知恵も、さまざま身についたしな」

「だからおっさんには、身なぞないだろうが」

「悲しいことや怖い思いもしたが、過ぎてみれば、すべてが心懐かしい。旅とは良いものだな。そう思わんか、トサ」

「そうだな……皆、通りすがりだったけど、妙に胸に張りついてる」

めずらしく、神妙な声で語る。旅で出会った者たちの姿を、思い浮かべているのだろう。その思いを共にできるのは、互いだけだ。

「わしはおまえと一緒に、これからも旅がしたい。おまえには厄介をかけるが、見知らぬ土地へ趣き、さまざまな者と出会うのは心が躍る。おまえはどうだ？」

「まあ……退屈はしねえけどよ。おっさんを担ぐくらいは、わけもねえし。おれもだんだんと、力がついてきたしな。どうしてもって言うなら、連れてってやらねえこともねえぞ」

今度はわかりやすく、声が弾む。オビトも思わず笑顔になった。

せめて、あと五年。この子の傍にいよう。トサが大人になるまで、親代わりを務めよう。からだがなく、ひとりでは何もできない。それでも親として、できることはある。話し相手になり、ときには叱り、喧嘩もする。くだらない話で笑い合い、傷つけば慰める。

ごくあたりまえの、親と子の営みだ。来し方はわからずとも、トサにはそのあたりまえが欠けているような気がした。独楽の国で見た、容赦のない暴力が、いまも頭に張りついている。共に過ごす時間が増えるにつれ、少しずつその染みは薄まりつつあったが、何かの拍子に、くっきりと浮かび上がりそうに思えて、怖かった。

たとえ怨首であろうと構うものか。トサを親身に案じているのは、この世で己だけだ。その情ばかりは、親心によく似ていた。

「よし、では明日の朝、都に向けて立つとするか。夕刻には着くだろう」

「よっしゃ、都見物だ！　きっと旨いものがたんとあるぞ」

オビトを布に包み、棒に通して肩に担ぎ、トサは身軽に立ち上がった。朱雀大路を南へ向かう。にぎやかに晩飯の相談をしていたが、ふいにトサが、あっ！　と叫んだ。

「おふう……おふうだ！」

「何だと？　おふうとはたしか……」

オビトの返しを待たず、トサが鉄砲玉のように走り出す。包まれた布が、右に左に大きく揺れる。舌を嚙みそうになり、オビトは慌てて口を閉じた。

「おふう！　待て！　待ってくれ、おふう！」

声を張り上げながら、トサが必死で追う。

おふうとは、トサが覚えている唯一の記憶だ。女子の名かと思ったが、足自慢のトサが、いつまで経っても追いつけない。よほど遠くにいるのか、あるいは男子であろうか？

トサの背中側に担がれたオビトからは、その姿は判じられず、歯を食いしばりながら、黙って揺られているしかできない。布の隙間から、朱雀大路の景色が飛び去るように遠ざかり、遂には切れた。都の南に築かれた、羅城門を抜けたのだ。

それでもトサの足は止まらない。すでに声も嗄れ、荒い息遣いだけが、背中越しに耳を打つ。門を抜け、町の外に出たとき、オビトは異変に気づいた。

立派な瓦屋根を載せた唐風の羅城門が、ふいにかき消えた。門が消えるはずはない、視界が緑に遮られたのだ。

森だ――。深い緑の森が、すべての景色を覆っていた。

睡魔が忍び寄ってくる。これまでにも何度かあった。トサが森の中に迷い込み、そのあいだのことをオビトは何も覚えていない。目覚めると、碧青の国や雪意の国に着いていた。

眠ってはいけない――。咄嗟に、舌先を強く噛んだ。揺れと相まって、舌が切れたようだ。痛みに涙がにじみ、口中に血の味が広がった。意識の底から白い靄がわいてきて、頭の中に広がっていく。鉄くさい嫌な味と痛みが、辛うじて眠りに落ちようとするオビトを繋ぎ止める。

駆け通しで、遂に力尽きたようだ。トサの足が止まり、崩れるように膝をついた。

「クソ！　見失った……せっかくおふうを見つけたのに」

言葉をかけてやりたいが、声も出ず、唇も動かない。夢の中で、夢だと察したときに似ている。覚めようともがいても、何もできず傍観しているだけだ。

トサが荒い息をしばし整え、どのくらい経ったろうか。

人声がきこえた。にぎやかな高い声。おそらくは子供の声だ。ひとりふたりではなく、いくつもの声ががやがやと交じり合う。惹かれるように、トサは立ち上がった。オビトを括りつけた棒を握りしめ、一歩一歩声のする方に近づいていく。

オビトもまた、睡魔に抗いながら、その声をきいていた。

頭上に、緑の屋根が広がっている。

梢の合間から見える空は青いのに、いまにも雨が降り出しそうなほどに地上は暗い。またた。また、あの嫌な森に踏み込んでしまった。一刻も早く、この嫌な森を出なければ。気持ちは急くのに、足が動かない。おふうを追いかけて、疲れきっていた。

さっきから、楽しそうな声が届く。ふらふらとそちらに向かいながら、近づくごとに冷や汗が出る。

行くな——。そっちへ行くな——。怖いものがあるぞ——。

身の内から湧いてくる声なき声が、強く戒める。用心を深めたが、ふいに旨そうな匂いが、鼻を突いた。次いで嬉しそうな声がいくつも重なる。

「美味しそう！　ねえ、もういい？　いいよね？」

「すげえ、茸鍋だ。まともな食い物なんて、何日ぶりだ？」

「早く食べようよ。腹がへって死にそうだ」

十五、六人はいようか。円座を作り、火を囲んでいた。焚火ではなく、石で拵えた簡素な竈に、大きな鍋がかかっている。中身は茸鍋で、ぐつぐつと煮えていて美味しそうだ。

大人は三人だけで、あとはすべて子供たちだ。子供たちの顔は嬉しそうにほころび、期待に満ちている。

知っている――。どの顔も、トサは見知っている。

「おい、五太、おめえは何杯食う？　おれは四杯はいけるぞ」

五太？　五太って、誰だっけ？　たしかに知っているはずなのに、にわかに混乱した。

「おれは五杯食う！」

五太と呼ばれた子が、声を張る。その子を見詰めて、呆然とした。

おれだ――。おれがいる――。紛れもなく、その子供はトサ自身だった。

ただし、まだ小さい。たしか九つだった。おれは、こんな顔をしていたのか――。

生意気そうな面構えだが、まだ稚く無垢だった。

どうしてだか、胸がじんわりと熱くなり、鼻の奥がつんとした。まるで懐かしい身内に、久方ぶりに会ったようだ。

「そろそろいいか。十分に煮込んだから、きっと旨いぞお」

「このところ、ろくなもんを食ってねえからな。今日は茸狩りの駄賃だ、存分に腹を満たしてくれ」

「誰か椀を取ってくれ。そこの籠に、入っているからな」

湯気の立つ鍋を前に、大人たちはいずれも、過ぎるほどの笑顔だ。ひとりが椀に茸汁をよそい、傍にいる子供に渡そうとする。その椀に長い腕が伸び、ひょいと取り上げた。

「封郎……」

椀を片手に、大人たちをじっと見詰める。

トサが思わず呟いた。背だけはひょろりと高いが、力はなく動きもとろい。それでも封郎には、補ってあまりある知恵がある。年は五太と同じ九歳。この場の子供たちの中では、もっとも年嵩にあたる。賢く怜悧で、それでいて目下の者には優しい。封郎は、村の子供たちの兄貴分だった。

「おじさんたちは、食べないの？」

封郎の声は、子供とは思えぬほどに低く、落ち着いていた。逆に大人たちは、あからさまに狼狽する。

「朝からずっと、茸狩りをしたんだ。おじさんたちも、腹がすいたろ？」

「いや、おめえたちが先にあがりな。おれたちは後でいただくよ」

「子供が先に食うなんて、礼に適ってない。まず、おじさんが食べてよ。おじさんが食えば、おれたちも食うよ」

封郎は身近にいた男の眼前に、ずいと椀をさし出した。

「……それじゃあまるで、毒見じゃねえか」

「そう、毒見だ。鍋に入れたのが毒茸でないなら、食えるだろ？」

三人の大人が、九歳の子供にやり込められて、あからさまにたじろぐ。

「いい加減にしろよ。腹をすかしたおまえたちが忍びなくて、先に食わしてやろうとした。いわば大人の情けだろうが」

「情けがきいて呆れる。毒茸を入れた鍋を食わせて、おれたちを皆殺しにするつもりだろ？」

「そんなはず、ねえだろうが……どうしておれたちが、そんな酷い真似を……」

「決まってる、口減らしさ。村の食い物は残り少ない。とても今年の冬は凌げない。役立たずを始末して、てめえらが生き延びようって腹積もりだろ？　現にこの前、年寄りがごっそりいなくなった。テツ爺もハナ婆もトメ婆も、やっぱり茸狩りに行ったまま、帰ってこねえ。五太、てめえのじいちゃんもだぞ」

いきなり名を呼ばれて、びくりとした。

「え、だってじいちゃんは……山向こうの町に出稼ぎに行くって……」

「そんなわけあるか。五太のじいちゃんは猟師じゃねえか。山で獣を狩る猟師が、里で何ができる？」

じいちゃんは、五太の自慢だった。弓矢を手に山に入り、鹿や猪、山鳥などを狩る。獲物を背負って帰ってくる祖父の姿は、ことさらに頼もしかった。

祖父が出稼ぎに行ったのは、半月前だ。山向こうの遠い町に、皆と一緒に稼ぎに行くと告げた。あのときの顔は、妙にくっきりと焼きついている。

「おれはしばらく、帰れそうにない。母ちゃんを、頼んだぞ」

少し悲しそうで、何かを諦めた顔だった。諦めたのは、生きることだったのか――。封郎の説きようが、しごくしっくりと胸に落ちた。祖父が行ってから、母は何日も泣きどおしだったからだ。

大好きだった祖父はもう、この世にいない――。失った悲しみが、波のように押し寄せた。

「どうして？　どうして、じいちゃんを！」

「畑仕事の役に立たず、無駄飯ばかり食らうからだ。十歳に満たない、おれたちも同じだ」

　低い声で、封郎がこたえる。五太はそれでも、納得がいかない。

「じいちゃんは、腕のいい猟師だった。村の皆も、肉や毛皮を喜んでた。なのに、どうして！」

　ちっ、と低い舌打ちがきこえた。男のひとりが、五太から目を逸らして呟いた。

「この辺の山の獣は、狩り尽くされちまった。今日だって、兎一匹見かけねえ」

「それは村のもんが総出で入って、山を荒らしたからだ！　仔鹿や瓜坊まで狩っちまって、この山ももうお終いだって、じいちゃんが嘆いてた」

「食い繋ぐためには、仕方ねえだろうが！　食わねえと、こっちがお陀仏なんだ。たとえ子供でも……」

「ほら、本音が出た。己が生き延びるために、弱い子供や年寄りを殺す。それがおじさんたちの本性だ」

　ここ何年か、不作が続いていた。不作の因は、日照りでも冷夏でもない。領主が代わったことだ。

　十年ほど前から、この辺りでは乱が頻発した。戦のたびに領主が代わり、男たちは毎年のように兵として駆り出される。五太や封郎の父親も、戦に行ったきり何年も帰ってこない。荒れた田畑に止めを刺すように、今年は長雨が続いた。稲は実をつけず、豆や菜もろくに育たない。

封郎はこの茸狩りに、最初から疑念を抱いていた。足手まといにしかならない子供たちを、十人以上も引き連れてきたからだ。

人手が多い方が、たくさん採れる――。それが建前であったが、食せる茸を見分けるのは、非常に難しい。知恵のある封郎や、山に詳しい五太ならともかく、子供にはまず無理だ。なのに大人たちは、ろくに選ることもせず、子供らが携えてきた茸を、すべて鍋に放り込んでいた。

「その鍋は、食い物なんかじゃねえ！　おれたちを始末するための毒鍋だ！」

ぐつぐつと音を立て、すでに煮詰まり始めた鍋を、子供らが凝視する。毒と言われても、腹の虫は食えと催促する。五太の喉が、ごくりと鳴った。本能と絶望が、身の内でせめぎ合う。祖父の顔がよぎり、背を押されるように、本能という欲を無理やりに引きちぎる。

「こんなもの、誰が食うか！」

鍋を思いきり、蹴り上げた。竈から落ちてひっくり返り、中身が辺りにぶちまけられる。はねた汁を浴びて、竈の火がじゅううと呻きながら消えた。

子供たちからあがったのは、悲鳴と、そして落胆のため息だった。封郎だけは、満足そうに深くうなずく。

「野郎……もう許さねえ」

ひとりの男が、封郎を睨みつけた。目が血走って、顔は憤怒のあまり赤らんでいる。

「最後に腹を満たしてやろうってえ、こっちの恩情を無にしやがって」

「恩情だと？　騙し討ちじゃねえか」

「封郎、てめえはな、前々から気に入らなかったんだ。賢しいことを鼻にかけて、おれたち大人を見下して……」

大人が子供に向ける悪意ほど、醜いものはない。妬心をあからさまにして、男はじりじりと封郎に近づく。

「こうなりゃもう、やりようなぞどうでもいい。てめえらを始末するのが、おれたちの役目だ」

男の右手に握られた鎌に、五太が気づいた。

「逃げろ、封郎！」

叫んだときは、遅かった。男の手がふり上がり、鎌の刃先は封郎の首筋を裂いていた。ものも言わず、封郎が倒れる。子供たちが悲鳴をあげ、五太の声に押されるようる。

に、一斉に村の方角に向かって走り出した。

「逃がすな！　あいつらをひとりたりとも、村へ帰すな！」

血まみれの鎌を握った男が、仲間を怒鳴りつけて走り出す。半ば呆然としていたふたりもまた、我に返ったように鎌や小刀を握りしめ、子供たちを追って山を駆け下りる。

五太だけは、足が張りついたように動けなかった。竈の傍には、倒れた封郎と五太だけが残される。傍に寄り、血にまみれたからだを抱き起こす。

「封郎、しっかりしろ……死ぬな、封郎！」

うつろな視線が見詰め返し、唇がかすかに動いた。

「逃げろ、五太……おまえなら、逃げ切れる……おれのぶん……生きろ……」

目の中の光が失せて、半分あいた瞼の奥から、昏い瞳が覗く。慟哭が喉を破り、獣の咆哮のように迸った。長くは続かなかったのは、怒りが悲しみを凌駕したからだ。

封郎の瞼を閉じて、からだを落葉で覆った。ふかふかの落葉の布団にくるまれて、封郎はゆっくりと土に還っていくはずだ。祖父からは、そう教わった。

「封郎、約束は守るぞ。おれが生き延びれば、おれたちの勝ちだ」

五太は後ろも見ずに、皆が去った道とは反対の方角に駆け出した。

麓の方角から、悲鳴が響く。山に不慣れな子供が、大人の足に敵うはずもない。大人が刃物で、子供らを次々と殺していく。地獄絵図以外の、何物でもない。

ほどなく悲鳴が絶えて、山は気味が悪いほど静かになった。


五太は尾根を伝って、山をいくつも越えた。

幸いにも秋の盛りであったから、しばらくは食べ物にも困らなかった。茸、木の実、川魚は豊富で、やがて獣の姿も見かけるようになった。よくしなる枝と蔓を使って弓矢を拵え、最初はまったく当たらなかったが、毎日工夫を重ねるうちに、こつを掴んだ。寝る場所は、穴熊や狸が掘った穴を拝借し、冬に備えて、布団代わりに落葉や枯草をたっぷりと詰めて、栗鼠のように木の実を溜め込んだ。

山で暮らす知恵は、すべて祖父から教わったものだ。それが五太を、生き延びさせた。

さすがに冬になるとひもじくなり、見知らぬ里に下りて、軒先に干してあった餅やら凍み豆腐やらを失敬した。里の者に見つかって追われたことはあったが、誰も五太の足に追いつく者はない。また姿を見られた里には、用心して二度と近づかなかった。

ただ、山の暮らしに慣れても、どうにも馴染めなかったことがある。ひとりぼっちでいることだ。母親が恋しくて、毎日のように村に帰ることを考えた。

日が昇る方角にここまで来たから、日が沈む方角に向かえば、村に戻れるはずだ。最初の三つくらいの山は追手を考えて長居はしなかったが、その後はしばらく滞在した。山の顔はどれも同じようで、ひとつひとつ違う。馴染みの顔を伝っていけば、生まれた村に帰れるはずだ。

冬のあいだは雪に阻まれて、ろくに身動きがなかったが、春になると、どうにもからだが西へと引かれた。

五太が村へ戻ったのは、山の緑が勢いを増した晩春だった。

まず最初に行ったのは、封郎の墓参りだった。自分の庭のような故郷の山だから、難なくあの場所に辿り着く。

去年、立ち去ったときは、落葉の布団をかけられてこんもりしていたが、いまは平らになっている。封郎は、無事に土に還ったに違いない。安堵とともに、手を合わせた。

それから夜を待って、以前は背を向けた、村へと続く下り道を辿った。

五太が暮らしていた家は、山に近い村外れにある。猟師をしていた祖父の家であり、父を戦に取られてからは、母は五太を連れて、祖父が暮らす実家に帰った。五太の上に歳の離れた兄がいたが、父と一緒に戦に出ていた。

家には明かりがついていて、そろそろと近づくと、中から男の笑い声がする。

父や兄が、帰ってきたのか！　顔すら忘れかけていたが、希望ははち切れんばかりにふくらんだ。父や兄さえ戻れば、すべてが好転する。ふいに帰った五太のことも、きっと喜んで迎え入れてくれる。

足が勝手に前に出て、勢いよく戸を開けた。囲炉裏端にいた男女が、こちらをふり向いた。囲炉裏の火が、驚いたように固まるふたりの顔を照らす。

間違いない、母だ——。懐かしさに、胸がいっぱいになった。だが、感極まった喜びも期待も、氷を差し込まれたように、たちまち冷えた。

母がしなだれかかっている男は、父ではない。

封郎を手にかけた、あの男だった。

相手も五太に気づいたようだ。広げた目に、いっぱいの驚愕を浮かべる。

「てめえ、生きていたのか……姿が見えねえから焦ったが、てっきり山でくたばったものと……」

男と母と、どちらに腹を立てたのかわからない。母は五太を見て、ただ怯えていたからだ。半年ぶりに会った我が子を、胸に抱こうともしない。男とまったく同じ表情で、まるで賊に襲われたかのように、恐れをなしている。

何かが音を立てて崩れ、胸の裡(うち)ががらんどうになった。その空間は風さえ吹かず、闇色の閑(しず)けさが広がっている。

戸の脇にかけてあった鎌を、手にとった。封郎の血を吸ったのは、この鎌だろうか。空(から)っぽの闇を見詰めながら、からだだけが動く。尻で後退(あとじさ)る男は、何か叫んでいるが何もきこえない。ふり上げた鎌は、封郎の傷と同じ場所に、正確に入った。首から血がふき出して、ぽっかりと口を開けた間抜け面で、男が横に倒れる。

気が狂ったように叫び続ける母の悲鳴が、思い出したように少し遅れて耳を打ったが、何の感情もわかなかった。

五太は鎌を放り出し、くるりと背を向けて家を出た。

山に戻って、死ぬつもりだった。男の仇討(かたきう)ちに、早々に山狩りが行われるかもしれない。連中の手にかかる前に、封郎が果てたあの場所で死のうと決めていた。

すでに土に還ってしまったが、封郎がとなりにいれば寂しくない。首の同じところに尖った枝を突き刺せばいい。

しかし昨日、墓参りした場所まで来ると、その声が耳によみがえった。

生きろ――。おれのぶんまで――。

封郎は、そう言いたかったに違いない。あんなに賢くて優しかったのに、皆を助けようと、ひとりで大人に抗ってくれたのに、真っ先に死んでしまい、おそらく他の子供たちも助けられなかった。

封郎が勇気を出して立ち向かった、その証しは、五太のこの身ひとつだけだ。

「でも、おれも汚れちまったし……そっちに行ってもいいよな？」

五太の半身には、男の返り血がまとわりついていた。

「でも、そうか、おめえらは極楽に行ったんだもんな。おれはさっと地獄行きだ。向こうでも会えねえか……」

そう思うと、急に寂しくなった。この世でもあの世でも、ひとりぼっちだ。

「じいちゃんも極楽だろうし、地獄にいるのは、おれが殺ったあいつくれえか。またあいつに会うのは嫌だなあ。何べんでも、殺しちまいそうだ」

封郎が眠る場所で、つらつらと埒もないことを語る。聞いている者は誰もいないと思っていたが、高い頭上で、ふいに応じる声がした。

つい空を仰いだとき、天から何かが落ちてきた。

白いもこもこした塊は、鳴きながら地面でもがいている。大きな鳥の雛だった。

「おまえ、巣から落ちたのか?」

梢を見上げると、鷹と思しき親鳥が、雛に餌を与えている。

「いや、落とされたのか……兄弟喧嘩に負けて、追い出されたんだな」

鳥は弱い兄弟を巣から蹴り出して、少しでも多く餌を得ようとする。やはり祖父から、きいていた。鳥も人も変わりない。自分が生きるために、弱者を排除しようとする。

「おめえもおれと同じだな。お互い、住処を追われたはみ出し者だ」

ふわふわした白い羽毛は、わずかに灰色がかっている。しきりに羽をばたつかせるが、飛ぶには程遠く、いかにもひ弱そうだ。黄色い嘴と足、そして黒く丸い目だけが、妙に大きく見えた。

そっと両手で抱きとると、その目がじっと、何かを乞うように五太を見詰める。

「なんだ、腹減ってんのか」

嘴をいっぱいに広げて、びっくりするほどの声で鳴く。

その辺にいた芋虫をつまんで、嘴のあいだに落とすと、たちまち飲み込んで、また口を開ける。そのさまが面白くて、殻のない虫を捕まえては与える。十匹くらい腹に収めると、ようやく大人しくなった。五太の手の上で、目を閉じる。

「腹いっぱいになって、眠くなったか？　ちゃっかりしてんな」

手の平の温もりが、愛おしい。真冬に温石を得たようだ。ひとりぼっちの冷たさが、わずかながら癒される。

「こいつ、おまえが寄越してくれたのか？　それとも、おまえの生まれ代わりか？」

封郎の魂は、土に還ったからだを抜けて、この頼りない身に移ったのか。もしもそうだとしたら、このまま見捨てて先立つことなど、とてもできない。

揺らさぬように気をつけながら、雛を懐に入れた。温もりが手から胸へと移り、空っぽの闇に、小さな灯をともす。

「封郎、おまえの生まれ代わりなら、名はおふうだな」

胸から総身に熱が伝わり、尾根に向かって駆け出していた。

着物にしみ込んだ血の臭いは、走るごとに風に飛ばされていった。

五太であった頃のトサを、オビトはともに眺めていた。

たびたび囚われたこの深い森は、トサの過去へと繋がる入口だったのかもしれない。

トサ自身が思い出すことを拒み、必死で逃げ続けていたから、昔を呼び覚ますことなく森を切り抜けた。それがいまになって、いわば過去への扉が開いた。トサの成長に因るものか、あるいは別の力が介在しているのか。もしかすると、森に入るたびに昔を見せられて、森を抜けると忘れてしまうのか。

わからないが、ともに眺めることは、オビトにとってひどく難儀なことだった。口中の痛みと血の味で、辛うじて意識を保っているものの、ともすれば眠りに引きずり込まれそうになる。オビトを連れ去ろうとするのは、睡魔ではなく、己の過去かもしれない。ちょうど寝入り端に見る夢のように、たびたび違う景色が挟まれるからだ。

そこに映る事々は、紛れもなくオビトの記憶であった。

五太はたった一度の人殺しで、心に深い傷を負った。

独楽の国で見せた、他者への敵意と暴力は、名残りであろう。では、オビトはどうか。くり返し人の道を説いておきながら、自身はどれほどの命を葬ったのか。

しばし鷹の雛を育てるトサを見ていたが、昏い物思いに囚われて、自身の過去へと落ちていく。この森は、オビトにとってもやはり入口であったのか。眠っているあいだ、過去を垣間見て、残り香のようにわずかに記憶を留めていたのか。

オビトは自身の名を、思い出した。

檜垣金剛。この剛毅な名を授けたのは主君だが、金剛はいわば自らの力だけでのし上がり、この名を得た。

金剛の名にそぐわぬ出自で、父は貴人の家に仕える下人であった。牛馬のごとく働かされ、あつかいは牛馬より下だった。貴人たちにとっては、下人なぞ蟻に等しい。黒い顔で見分けもつかず、ただ足元を這いまわる存在だ。

貴人の世では、生まれた身分は生涯変わらない。だが武士なら、武功しだいで自らの地位を築くことが叶う。

ちょうどトサくらいの歳に家をとび出し、さる武家の雑兵として戦場に赴いた。恵まれた体格と勇猛果敢な働きで、十代のうちに頭角を現し、その姿がさる武士の目に留まった。

「おれのもとに来い。名を与え、働きしだいで出世も意のままだ」

終生の主君となる、和茅岳光だった。当時は地方の一豪族に過ぎなかったが、すでに戦上手として名を知られ、また出自を問わず、強い者だけをとり立てる。

金剛は遺憾なく戦場で手柄を立て、やがては岳光子飼の和茅六人衆のひとりとなっだ。

た。

しかしその頃から、金剛には迷いが生じた。岳光のやりようが、あまりにも酷いのだ。


主君の豪胆には、冷酷が裏打ちされていた。

戦場で、相手が武士ならば、いくらでも勇ましく戦える。命を賭すことすら厭わない。しかし和茅家は、侵略によって領土を広げていった。他国を攻めることは、決して悪ではない。当時は豪族同士が小競り合いをくり返し、方々で戦が起きていた。いわば領主たる豪族にとっては、ごくあたりまえの戦であった。

しかし里や村に住む百姓にしてみれば、一大事である。領主が代われば年貢も変わる。和茅家ももとは、荘園領主から遣わされた荘官に過ぎなかった。当地で年貢をとり立て、遠い国に住まう領主のもとに届けるのが、荘官の務めである。

だがこの頃から、荘園制度は廃れ始めていた。本来の領主を軽視して、荘官が土地の益をひとり占めにする。いわば荘園の強奪である。荘官自らが武士化して、あるいは武士を雇い、武力で治めているだけに、遠国の領主たる貴族は手も足も出ない。

このような領主が群雄割拠して、荘園の奪い合いが続いていたが、和茅家は岳光の代になると勢いを増し、領地を広げていった。

岳光の仕儀は苛烈であった。年貢のかけようは容赦がなく、逆らえば当人はもちろん、妻子に至るまで見せしめに首を刎ねた。オビトが己を首斬人と見違えたのも、それ故だ。

領主の名のもとに、各地で刑を執行し、彼らの首を刎ねたのは和茅六人衆である。中にはあまりの非道に、密かに女子供を逃がす仲間もいたが、金剛は実直が仇となった。主君に白を切るような器用な真似はできず、やがて檜垣金剛は、血も涙もない六人衆の中でもっとも恐ろしい男として悪名を馳せた。

何事も主君のため。この身なぞ、いくらすり切れても構わない。

自らを省みることなく、武士の本分に憑かれていたが、身ではなく心がしだいに削がれていく。遠からず気を病んでいたであろう金剛だが、ひとつだけ希望を見出した。

岳光の長子、甲喜若である。幼い頃から金剛に武術を仕込まれ、元服前にはすでに申し分のない腕に至った。それでいて、父の岳光にはまったく似ていない。快活でよく笑い、ことのほか慈悲深い。

「金剛、おれは知っているぞ。おまえを鬼と噂する者もいるが、そうではない。名のとおり、少々頭が固いだけだ。少しは曲がりを覚えれば良いものを、不器用な奴だな」

甲喜若は金剛に懐き、金剛もまた、掌中の玉のように若い主を慈しんだ。

この若い主君が、いずれは和茅家を継ぐ。のびやかで心の広い君主を得れば、和茅の領にもきっと、平穏が訪れる。金剛はただ、それだけを心待ちにしていた。

やがて金剛にとって、もっとも晴れがましい日が訪れた。甲喜若の元服である。

烏帽子に直垂姿も清々しいが、鎧を身につけた武者の装いが、とりわけ立派だった。兜は少し重そうだが、二本の太刀を左腰に下げた姿は、あまりの凛々しさに涙が出た。

弓もまた武士には欠かせず、甲喜若は太刀よりむしろ、弓が達者であった。背丈より高い大弓を手に、矢を入れた箙を右の腰に結わえる。

「明日からの披露目にも、弓矢を携えていくおつもりか？」

「むろんだ。ことに此度の弓矢は、とりわけ華やかであるからな」

赤漆塗の大弓は、元服のために誂えたが、それ以上に目を引いたのは、金色の矢羽である。金の矢羽など、目にするのは初めてだ。

「矢師の話によると、祝儀の品の中に、うってつけの材があったそうでな。間際になって、矢羽をつけ替えたそうだ。その甲斐あって、見事な出来栄えであろう？」

元服の儀は滞りなく終わり、甲喜若は志光と名を改めた。

二月に元服を終えた志光は、初夏にかかる頃、披露目のために、馬で領内を練り歩いた。金剛は道中の傍仕え(そばづか)を仰せつかったが、領地すべてをまわるのに十日ほどはかかろう。

鎧や武具の重さには文句をつけなかった若君も、頭の重さにだけは早々に音を上げた。

「金剛、兜は脱いでもよかろう。暑い上に首が痛う(いと)てたまらぬ。おまけに顔がよう見えぬではないか。領民には、おれの顔を覚えてほしいのだ」

「仕方ありませぬな。田舎道(いなか)は目こぼしいたします故、せめて大きな里を通る折は、兜を頂いてくださりませ」

「お、堅さ自慢の金剛も、少しは柔を覚えたではないか。重畳(ちょうじょう)、重畳」

志光は上機嫌で兜を脱ぎ、のどかな田畑の風景に目を細めた。

披露目の行列は五日目を迎え、館からもっとも遠く、山深い土地に差し掛かった。

傾斜が多く、馬は歩くのに難儀したが、里よりも澄みわたった空を、志光は気持ち良さそうに仰いだ。

何かが飛んできたのは、そのときだ。一瞬、何が起きたのかわからなかった。

馬が鋭くいななき、志光のからだが転げ落ちる。驚いた馬に、ふり落とされただけではない。奇妙な姿で落ちた志光の首を、一本の矢が深々と貫いていた。

「志光さま、しっかりなさいませ、志光さまあああ――っ！」

声を限りに叫んだが、志光はただ、ぽかんと口をあけて、目を見開いていた。その目から光が失せて、魂魄がからだから離れても、金剛は若殿の名を呼び続けた。

「草の根をわけても下手人を探し出せ！　大方、和茅に恨みをもつ荘官か武士団であろう」

金剛が命じ、その日のうちに下手人は捕えられた。咎人は、役人でも武士でもなかった。まだ十二、三の子供である。

「この童が、若殿を……？　馬鹿を申せ！」

「まことにございます。この者は、山中を渡り歩く狩人で、和茅の領に踏み込むこともあるそうな」

「だが、狩人が何故、若殿を？　和茅を狙う、他国の者の差し金か？」

「それが……鷹の仇だと」

いかにも言いづらそうに、配下が短く告げる。

「鷹とは、鳥の鷹か？　仇とは、いったい……わけがわからぬぞ」

「狩人の童は、金の尾羽をもつ鷹を飼っていたそうです。若殿さまの祝儀のために、村の者が仕掛け網を施して捕えまして。その顛末から、若殿に恨みを抱いたと……」

たかが鳥のために、和茅国の希望を砕いたというのか？　金剛の生きるよすがを、こうも呆気なく奪い去ったというのか？　あれほど闊達で真っ直ぐな心根をもつ若者を、無残に散らせたというのか？

この怒りを、悲嘆を、慟哭を、いったいどこに向ければよいのか――。

「その者の名は？」

「五太と申します」

「即刻、ここへ連れて参れ。わしがこの場で首を斬る」

金剛の低い声音に脅されたように、配下はぶるりと身震いした。

第7話

波賀理（はかり）の国

オビトは、はっと目を覚ました。

現か、未だ夢の中か、己がどこにいるのかわからない。

左目は布に塞がれていたが、右目の側にあいた隙間から外が見える。目の前で倒れているのは、トサだった。

「トサ！　トサ！　しっかりしろ、トサ！」

懸命に名を呼ぶと、もぞりとからだが動き、トサが重そうに半身を起こした。

「うるせえな、朝っぱらから。そんなに怒鳴らずとも、きこえるよ」

頭をかきながら、顔中に口を広げて大あくびをする。いつもの朝と、何ら変わらない。それでも心配が先に立ち、オビトはしつこくトサにたずねた。

「大丈夫か？　頭なぞ痛うないか？　わしのことがわかるか？」

「あたりめえだろ。おっさんは、おっさんだろうが。いや、口うるさくて声が馬鹿でかい、首のおっさんか」

ぼやきながら、オビトを布の包みから出す。トサの顔をまともに見ると、ようやく安堵がわいた。夢の中で見た、いまより幼い五太ではない。十二、三に育った。これまで共に旅をしたトサだった。

しかしオビトを両手で抱えたトサが、あれ？　と声をあげる。

「起き抜けの夢の中に、おっさんが出てきた。首だけじゃねえ、ちゃんと胴や手足がついていて、妙に立派な侍の出立ちで……」

トサがふいに、大きく目を見張った。穴があきそうなほどに、オビトを凝視した。

「おっさんは……あのときの侍か？　おれを捕えた、武士団の親玉か？」

「……そうだ。我が名は、檜垣金剛。和茅岳光さまが家来だ」

「金剛……和茅……。そうか、てめえが、『和茅獄の羅刹』か」

トサの口から発されると、あまりに痛い。思わずきつく眉間をしかめ、目を閉じた。

獄とは牢屋のことであり、地獄にも繋がる。和茅岳光のあまりに苛烈な仕置きは、領民にとっては逃げることが叶わぬ牢であり、地獄以外の何物でもなかった。

領主の岳光と配下の和茅六人衆は、災厄の化身のように語られ、中でも金剛は羅刹と称された。羅刹とは、悪鬼のことだ。

「てめえら和茅のせいで、みんな死んじまった……じいちゃんも封郎も村の仲間も、みんなみんな死んじまった」

息がかかりそうなほど、トサの顔が近づいた。その目は熱を帯びていない。怒りも恨みもこもってはおらず、瞳はまるで空洞のようだ。トサをこんなふうにしたのは、トサの気持ちをここまで押し潰してしまったのは和茅であり、紛れもない己自身だ。

頭の天辺（てっぺん）から、どっと汗がふき出した。

どうして、あんな真似（まね）ができたのか——。領主に逆らう者には、容赦しなかった。必死に命乞（いのちご）いする女も、泣きわめく幼い子供も、平等に手にかけた。己が厭（いと）うても、他の誰かにお鉢がまわるだけだ。汚れ役を、一手に引き受けたつもりでいたのか。いいや、それは詭弁（きべん）に過ぎない。

考えることを、やめたからだ。躊躇（ちゅうちょ）したのは、最初のうちだけ。初めて子供を殺（あや）めたときは、吐き気に襲われて何日も飯が食えなかった。やがては慣れて、あとは見て見ぬふりをした。事の本質から目を背（そむ）け、すべての責（せめ）を岳光にゆだねた。武士は、主君に従うが本分。それを護符（ごふ）にして、まさに悪鬼のごとき所業（しょぎょう）をくり返した。

誰も岳光には逆らえなかった。腕に勝（まさ）る六人衆も、岳光の前にひれ伏した。勘気（かんき）を恐れたためではない。岳光には迷いがないからだ。

策は奇抜で、動きは迅速（じんそく）。家臣には命（めい）を、領民には令を、躊躇なく発し、抗（あらが）えば切り捨てる。ただそれだけだ。情の入る隙間（すきま）なぞなく、酷（むご）さも際立（きわだ）つが、奇と迅がそれを覆いかくす。破竹（はちく）の勢いで領土を広げるさまは、神がかってさえ見えるのだ。

息子の志光（ゆきみつ）が家督を継ぎさえすれば、平穏（へいおん）な統治が叶（かな）う——。金剛であったオビトの悲願であったが、果たしてそうだろうか。

優しさは躊躇いを生み、生ずる間は隙となる。仮に志光が和茅を継いでも、三年ともたなかったのではないか。御首となったいまは、やるせなさとともに先行きが察せられた。

しかしどう言い訳しても、罪は消えない。その証しが、目の前にある。

トサはいわば、己が犯した非道の成れの果て。憤ることに疲れ、悲しみさえ朽ちて、心を虚にしなければ生きていけなかった。

「いまさら詫びても詮ないと、わかってはいるが……すまぬ、トサ、このとおりだ」

心をこめて許しを乞うても、トサの瞳は真っ黒に塗り潰されたまま、光はなく瞬きすらしない。主君の岳光も、こんな目をしていたようにも思える。迷いのなさは、子供の残酷に似ている。岳光の目には、民はすべて手の中の虫や蛙のように、いつでも握り潰せる存在であったのか。

オビトとて、許してもらえるはずもないとわかっている。それでもひとつだけ、どうしても伝えたいことがある。

「わしのことは、いくら責めても構わん。ただ、これだけはわかってくれ。おまえが射殺した若殿は、志光さまは……心優しいお方だった。和茅の殿やわしのように、民百姓に無体を働くような方ではなかった。それぱかりは、どうか心に留めてくれぬか」

誠心誠意の懇願だったが、やはり瞳の中の闇は、身じろぎすらしない。

「なに言ってんだ。金の羽のついた矢を、得意そうに箙に差していたのは、あの若殿じゃねえか」

返しようもなく、唇を噛む。金の矢羽は、あまりに目立ち過ぎた。トサの目には、鷹の遺骸を担いでいるように映ったのか。

「とはいえ、恨みの相手は若殿じゃねえ。おふうを捕えた村の連中だ」

「……村の連中、だと？」

「おふうは賢かった。弓矢や罠なぞ、難なくかいくぐった。だからあいつらは、卑怯にも網を張りやがった」

両手で抱えるのに疲れたのか、トサはオビトを地面に置いて、胡坐をかいた。

村人が鷹に目を付けたのには、理由があった。

若殿元服の儀は、領内の隅々にまで達されて、祝儀の品を献上するよう命ぜられた。

悪名高い和茅の領主だ。粗品なぞ献上しようものなら、きつい仕置きが下される——。

そんな噂が、村々を席巻した。しかし鄙びた山村には、ろくな産物がない。

そこへ葱を背負った鴨のごとくやってきたのが、おふうを連れた五太だった。灰褐色のからだに、尾羽と風切羽だけが、足や嘴に似た鮮やかな黄色を成しており、日を浴びると金色に光りかがやく。これ以上の献上品はない。村の者はたちまち目の色を変えた。

同時に、鷹を手中に収めるのは至難の業だと知ってもいた。言うまでもなく、五太の存在である。鷹を連れて山から山へと渡り歩く姿は、山間の村々では存外有名だった。たまに人里に下りてきて、干し柿などをかっぱらい、猿のごとき素早さで一目散に山に逃げ帰る。狐狸に等しい暮らしぶりで、端から話の通じる相手ではない。

だがこの村には、鷹の玄人がいた。若い頃に鷹匠をしていたという年寄りだ。この元鷹匠が、鷹の捕獲を差配した。

飼い主の少年に知られたら、別の山に逃げられてしまう。無暗に手を出すことをせず、まずは腰を据えて鷹のようすを窺った。餌は何を好むか、餌場はどの辺りか、塒は決まっているのか。十日ほどもじっくりと眺め、それから仕掛けにかかった。

鷹がしばしば飛来する林に、夕刻を狙ってかすみ網を張ったのだ。細い糸で細かに編んだ網は、ちょうど蜘蛛の巣のように、鳥の目すら欺く。見事に網にかかったものの、あまり暴れては肝心の羽が傷む。弓に長けた者が、すかさず胸を射貫き、鷹は絶命した。

帰らぬおふうを探して、村に下りた五太は、鷹を抱えた村人たちと行き合った。元鷹匠の年寄りは、変わり果てた姿のおふうを差し出して、気の毒そうに告げた。

「すまんな、坊主。村を守るためには、これしかなかった。こいつは、良い鷹だ。人に大事にされた鷹だと、一目でわかった」

年寄りの声は、息のように耳を素通りしていった。受けとったおふうは、すでにおふうではなかった。あんなに温かくふっくらしていた羽は、妙にかさかさして、胸には生々しく矢傷が穿たれていた。尾羽と風切羽はすべて抜かれて、いっそう貧相に見える。

いくばくかの礼をしたいだの、墓を築いてやろうだの、どうでもいいことをはざく者もいたが、五太は村人たちを見向きもせず、変わり果てた亡骸を奪いとり、山へと去った。

一晩中、亡骸を抱いて、五太はあれこれと語りかけた。

「またおまえは、先に逝っちまうのか。二度とおれを置いていくなと、約束したのに。

おまえはいつだってせっかちなんだ。いつもいつもおれを置き去りにして、ひとりで逝っちまう。おれはいつになったら、おめえに追いつけるのかな……なあ、封郎……」

五太は生まれた村を出てから、一度も泣いたことがない。やはり涙は出なかった。かわりに胸に浮かんだのは、あの男の顔だった。封郎を殺し、五太に殺されたあの男だ。あいにくと目鼻立ちなぞは、ほとんど覚えていない。ただ、封郎を殺めたときには酷く、五太に殺されるときは情けなく、ともに歪んでいた。

歪みが胸に入り込み、五太の中をぐるぐるとかき回す。

「大丈夫だ、封郎、今度も仇はとってやる。そうすれば、おまえはまた土に還って、おれのもとに生まれ変わる。虫だろうと蛙だろうと構やしねえ。きっと帰ってきてくれよ」

朝を迎えると、封郎と同じように、おふうの亡骸を落葉の中に埋めた。

「鷹の仇なら、捕えた村人に返せばよかろう。志光さまは、何も知らなかったというに」

いまさらとわかってはいたが、つい責め口調になった。

「はじめはな、村ごと焼いちまうつもりでいたんだ。火矢を射かけてな」

事もなげに告げられて、ぎょっとした。

「馬鹿を申せ！　さような真似をしても、逃げ遅れるのは子供や年寄りだ。その者らは、鷹狩りには関わりなかろう」

「おふうやおれだって、和茅や若殿と何の関わりもなかった」

平坦な声で語る。それがよけいに痛かった。

鷹は五太にとって、たったひとりの身内だった。他に生きる因がなかったのだろう。五太はただ仇討ちだけに邁進し、山に潜んで火矢の仕度をしていた。

若殿の凱旋をきいたのは、様子見のために山を下りたときだった。

「そのときな、封郎の声がきこえた。村を焼き払うよりも、いい手がある。若殿ひとりを狙えばいい。おまえの腕なら、きっと叶うって」

「鷹が狩られたのは、もとを正せば志光さまに行き着くということか……」

喉の奥から、苦いものが込み上げる。何度飲み下しても舌に戻ってきて、ざらりとした苦みが口からあふれそうになる。

「いや、若殿には恨みなぞねえよ」

「……え？」

「この村で若殿を射れば、あとは和茅の殿さまが、勝手に村を滅ぼしてくれる。おれみたいな餓鬼ひとりの首を刎ねたところで、無慈悲で鳴らした殿さまの怒りが鎮まるはずもねえ。きっちりと刑を下すなり、村を焼くなりするだろ。手間暇をかけることなく、仇討ちが成就する」

首裏が、たちまち粟立った。激情に駆られて射たわけではなく、企み事であったのか。

「おまえ、そこまで考えて……」

「おれじゃねえ、封郎の策だ。あいつは頭がいいからな、何でも先まで見通せる」

おふうより他に話し相手はおらず、鷹は言葉を返してはくれない。何年ものあいだ、五太は心の中の封郎と、語り合っていたに違いない。

哀れみと同時に、恐怖が駆け抜ける。ぞっとしたのは、五太の予言が現実になったからだ。激しやすい和茅岳光が、子供ひとりの首で満足するはずもない。鷹狩りに加わった者、羽を献上した顔役ら、十数人が死罪となり、村人は残らず所払いとなった。焼き払われる代わりに村を追い出され、流浪の身となったのだ。

五太は和茅の君主を利用して、ひとつの村を滅ぼしたに等しい。

慄然としながら、もうひとつの事実に気づいた。

志光は、仇ですらなかった。和茅の面目を潰し、村への復讐を成すための道具にされたのだ。武士であったオビトには、耐え難い屈辱だった。

志光の気性も人柄も、声も笑顔も、五太は知らない。知ろうともしない。金剛にとって、志光がどれほど大事な存在だったか。奪われた悲しみと怒りが、いまさらながらに込み上げて、頭内を焼くようだ。

「わしは……おまえを許さん！　許さんぞ、トサ！　志光さまの無念は、きっとおまえに知らしめてやる！」

「好きにしてくれ。どうせ一度、首を斬られた身だ」

「……首を、斬られた？」

「なんだ、覚えてねえのか？　おっさんがおれの首を、刎ねたんじゃねえか。おれは思い出したぜ。もっとも覚えているのは、おっさんがおれに向かって、刀をふり上げたところまでだがな」

急に頭が混乱した。これまで何度も夢に見た。まるで万匹の蛍を見るかのように、己が斬首した者たちが、次から次へと明滅する。後ろ手に縛られて跪く姿。女も子供も年寄りもいたが、その中にトサの姿は――。

る。

オビトがかっと目を見開いて、静止した。息を吐くことすら忘れ、呆然と口をあける。

いままで封印されていたのか、忘れようと努めたか。

縛られて地面に膝をつく子供の姿が、はっきりと映じた。己の両手は大刀をにぎり、刃先を天に向けてふり上げる。

細い首筋に向かって、勢いよく落とそうとしたとき、ふいに子供がふり向いた。

その顔は紛れもない、五太だ。いや、トサだった――。

「わしが、おまえの首を……わしがおまえを、殺したのか！」

オビトの叫びをかき消すように、重々しい鐘の音が響きわたった。

オオオオンンンン――。オオオオオンンンン――。

周囲に立ち込めていた霧が、意志をもつかのようにうごめく。

あっ、とトサが叫び、天の方角に指を差した。霧の向こうに、巨大な黒い影が浮かぶ。五重の塔を超すほどの高さがあるが、それにしては妙な形をしている。

仏塔でも櫓でもなく、城でもなかった。それは巨大な道具であった。

「でけえ、とんでもなくでけえ！」

険悪なやりとりすら忘れたように、トサはひたすら目を見張る。

天を突くような太い柱が直立し、帆柱のように横木が一本渡されている。横木の両側から鎖が下がり、鎖の先は細く裂いたように四本に分かれている。そして四本の鎖は、蓮の葉のような丸い皿を支えていた。

「あれは秤……天秤か……？」

秤と言えば、皿は一枚。錘で釣り合いをとって目方を量る、いわゆる竿秤が使われる。皿が左右二枚とはめずらしい。

「もしや、あれこそが波賀理では……」

「さよう、波賀理ぞ」

脇から現れた人影が、オビトの呟きにこたえた。


「うおお、びっくりした！　どっからわいてきやがった」

足音もせず、気配も感じなかった。トサが大げさに驚いてみせる。

首を回せぬオビトは、横目で窺うしかできない。地面に置かれているだけに顔すら判じられないが、人物はふたり。どちらも白い直衣に白い袴を身につけている。

「よう参った、オビト、トサ。いや、金剛と五太と呼ぶべきか？」

「わしはオビトでよい」

「おれも、トサで」

昔の名には、互いに良い思い出がない。息を合わせたように、相手に告げた。

「わしらは名なぞないが、ひとまず翁と呼べ」

「どっちも同じ名か？　じゃあ、白と黒だな」

トサがふたりとやりとりする。翁にしては声が若い。また男にしては声が高く、男とも女ともつかぬ響きだ。自分ひとりがとり残されているようで、じりじりする。

「トサ、頼むからわしを抱えてくれ。ここからではお二方が見えぬわ」

「あ、そうか。最後まで面倒なおっさんだな」

トサは存外あっさりと、首を拾い上げたが、オビトは文句を垂れる。

「最後とか言うな。寂しいであろうが」

「だってあれが波賀理なら、ここがおっさんの旅の終わりだろ」

「さよう、ここがおまえたちが目指した、波賀理の国だ」

ふたりの翁の、どちらが告げたのかわからない。口許が見えず、声に違いがなく、また妙に響いてきこえるために、どちらが発したのかきき分けられない。

ただふたりの差異は、一目瞭然だ。ひとりは白い顔の翁の面、もうひとりは黒い顔の翁の面。翁猿楽に使われる、白と黒の翁面である。

　能や狂言のもととなったのが猿楽であり、中でも翁猿楽は、祝福をもたらす神事舞として好まれた。好々爺然とした笑顔の面で、白黒どちらも円満福徳の神とされる。

「では、参ろうか。御首はわしが連れていこう」

「参って、どこに？」

　両手を差し出した黒翁にオビトを預けて、トサがたずねる。

「むろん、あそこに見える波賀理だ」

　白翁が片手を上げて、天秤を示す。巨大であるだけに、足許に辿り着くまでには相応の時がかかりそうだ。

「待たれよ。その前にいくつか、たずねたき儀がござる。おこたえ願えぬか」

　いかに福々しい笑みであろうと、面は面である。正体が知れず、自ずと用心が先に立つ。

「構わぬ、申してみよ」

　白翁が応じ、黒翁はオビトの顔を、白翁に向けて抱え直す。

「まず、御首とは何ぞ」

「主はすでに、旅の途次にきいておるのではないか」

問いを問いで返されて、ひとたび黙り込む。代わりにトサがこたえた。波賀理のことを

「最初に会った坊さんは、御首を何やら大事そうにあつかっていた。教えてくれたのもその坊さんだ」

　波鳥(なみとり)の国に行く前に出会った僧は、オビトを御首と崇(あが)め、那良(なら)への道を示してくれた。

　――人欲をでき得(う)る限り削ったお姿が首であり、一方で、人情を現(うつつ)に示しておられると記されておりました。

　僧もまた、書物の記述よりほかはわからなかったが、かけられた言葉は妙に心に張りついていた。

　御首信仰は、ぽつりぽつりとながら伝わっていて、土地によっては大事にもされたが、於保津(おおつ)や那良では不吉だと疎(うと)まれた。どうやら都に近い場所では、禍々(まがまが)しい存在とされているようだ。

　昔、洛陽(らくよう)の都にいたという鼓打(つづみう)ちの老婆もまた、雪意(せつい)の国でその噂をオビトに告げた。

　――御首は、禍(わざわい)を連れてくる。

　そして於保津で邂逅(かいこう)した消去(きえさり)の鬼は、オビトとトサの過去世を食らった者だった。

消去の鬼は、人の抱えきれぬ物思いを食らうが、御首となったのは、オビト自身の願いが成就したものだと鬼は言った。

——おまえの最後の願いをきき届けたのは、御首だ。願いを受けて、おまえを仲間として迎えた。

そして消去の鬼は、もうひとつ大事なことを告げた。オビトは何より、それを確かめたかった。

「御首のオンは、怨みの怨なのか？　怨みを凝り固めた姿が、怨首なのか？」

「まあ、そうとも言えような。怨讐こそが、もっとも強い人の情であるからな。強き情こそが、御首と化す天分とも言えよう」

「それは、わしが覚えた怨みか？　それとも……人から受けた怨みか？」

「どちらでも同じだ。怨みは鎖のように連なり、互いを通してふくれ上がっていくものであるからな」

語る声は、オビトの耳ではなく頭内に響く。目の前にいる白翁か、オビトを抱える黒翁か。どちらの翁が語っているのか、やはり判らなかった。

「やはり御首は、怨みの果てに生まれし者……禍の元となる悪鬼のごとき化身か」

「悪鬼でも良いではないか。人の善悪なぞ、実に曖昧なものであるからな。主の主君と、その息子が良き例ぞ」

「和茅の、岳光さまと志光さまが？」

「親子でありながら、国や民を治むる方途は、まったく似ておらなんだ」

「あれは……殿が悪で、若殿が善ではないのか？」

「民百姓にしてみればな。だが、主ら武士にしてみれば、強い主君こそが頂くに値するのではないか？」

たしかにそのとおりだ。現に先ほど、オビトも同じ危惧を抱いた。戦においても、志光はいささか心許ない。

土地をめぐって豪族同士が方々で乱を起こす。戦況によって取ったり取られたり、一寸も気を抜けない有様で、そのような乱世において岳光は破竹の勢いで領地を広げていった。

いずれこのお方は、大名になる――。この方に仕えれば、自ずと我の出世も叶う。家来の誰もがそう信じて、岳光に従った。金剛であったオビトとて、そのひとりだ。

「人の善悪とは所詮、頼りなきもの。立場によって、ころころと色が変わる。同じ人間ですら、歳や身の上しだいで考えが変ずる」

「だが、人を殺めてはいけぬとか、酷う扱うてはいかぬとか、神仏の教えではそのように！」

「それは人が作った信心であり、法であろう。我らにはもとより善悪なぞない。起きた事々はすべて、自然の理にほかならない」

　この世に生を受け、そして死ぬ。人も獣も草木も同じこと。生に甲斐を見出そうとするのは、知によって迷いを得た人だけだと、実に淡々と翁は語る。

「では、この姿は……」

　重ねてたずねようとしたが、ふいにけたたましい叫び声が響いた。間違いない、トサの声だ。

「どうした、トサ！　どこにおる、何があった！」

　翁たちと話し込んでいて、気づかなかった。いつのまにか、トサの姿が消えていた。懸命に名を呼んだが、姿が見えない。

「翁殿、早うわしをトサのもとへ！」

「慌てるでない。大方、波賀理に驚いたのだろうて」

　白翁が先に立ち、オビトを抱えた黒翁が従う。大人たちの話に飽きて、一足早く波賀理を見物にきたのだろう。トサは太い支柱の脇で、尻をついていた。

「トサ、大丈夫か？　怖い目に遭うたのか？」

「オ、オビト、これ……これ、見てくれよ」
トサが青い顔で指差すのは、波賀理の支柱である。大人三人が両手を広げて、やっと抱えられるくらいの太い柱だ。柱には精緻な模様が刻まれて、表面は複雑に波打っている。
しかしトサの身近に来ると、うわっ、と思わずオビトは声をあげた。
「これはすべて……御首、なのか？」
「さよう、波賀理の支えたる柱は、すべて御首ぞ」
何百、何千もの首が、螺旋を描くように連なり、互いの頰をくっつけ合うようにし
て、太い柱を形作っていた。どの首も目を閉じて、青白い顔を晒している。
「波賀理とは、御首のなれの果てか……」
いずれも、いま死んだばかりのような生首だ。腐ることなく骨にもならず、しゃれ
こうべの方がよほど清々しい。地獄にも極楽にも行けず、道具の一部として死に顔を
晒し続けるのが、御首の運命なのか。
「これがわしへの罰か……たしかにな、数多の罪なき者を殺めたのだから、我が所業
は万死に値する。しかしこれは、死ぬより辛い。生き恥を、永劫にわたって晒すに等
しい」

ないはずのからだから、一気に力が抜けていく。

「御首は罰ではない。言うたはずだ、人の善悪なぞ我らには関わりがないと。むしろ人の世でいう善人とて、ここには多く並んでおる」

「ならば何故（なぜ）、かような酷き仕置きを！」

「仕置きでも罰でもない。この者らが強く願（ねご）うた、その希（のぞみ）を叶えんがため、機を与えたに過ぎぬ」

「そういえば、消去の鬼も似たようなことを……」

オビトは過去世を食らわれながら、最後の最後に何かを願った。消去の鬼は、そのようなことを語っていた。

「わしは何を、望んだのだ？」

「我らも知らぬ。存じておるのは主だけだ」

やはり鬼と同じこたえを返された。ふと、鬼の声が耳にこだました。

——御首ならば波賀理を使えばよかろう

「そうだ、波賀理だ！　消去の鬼が言うた。波賀理を使えば、過去世を呼び覚ますことが叶うと」

——わしが食ろうても、過去世が消えるわけではない。この霧のように、姿が見え

なくなるだけよ

トサは時々、霧の立ち込める森に迷い込んだ。あの霧が、ふたりの過去世であったのか。霧に触れて、オビトは夢を見るように過去の己を垣間見た。檜垣金剛の生も思い出すに至ったが、肝心の宿願は未だ記憶の底に潜ったままだ。

この巨大な波賀理なら、オビトの物思いにけりをつけてくれるのではないか。

「そのとおり、けりはつく。波賀理はそのためのものであるからな」

オビトの頭の中が読めるのか、口にする前に翁は返す。何やら癇に障り、オビトはあえて声にした。

「波賀理は、御首のみがあつかえる道具ときいた。いったい何を量るためのものか」

「我らにも、わからぬ。すべては主と、道連れしか知らぬ」

「道連れとは、トサか？」

「さよう、両の天秤皿に乗るのは、主と道連れであるからな」

えっ！　とトサが驚いて、戸惑い顔をオビトに向ける。

「おれとおっさんなら、おれの方が重いはずだぞ……このところ目方が増えたし」

翁とオビトの話を、ろくにきいていなかったトサは、単に目方を量る道具だと考えているようだが、そんなはずはない。

いったい何だ？　何を量るための道具か？　翁は否定したが、やはり罪を量るものか。だとしたら、皿はオビトの方に大きく傾くはずだ。だが、支柱とされた首には善人も多いという。いくら考えても、こたえには行き着かない。

「でも、あんな高いところにある皿に、どうやって乗るんだよ。梯子でもかけるのか？　乗ったとたんに皿が傾いて、ころげ落ちそうだぞ」

「皿の方から下りてくる故、案ずることはない」

と、頭上から鉄の擦れる音がして、十畳ほどはありそうな天秤皿が、ゆっくりと下りてくる。その音が不吉を呼ぶようで、オビトは首裏に寒気を覚えた。

やがて皿の底が地面に着し、波賀理はいっとき沈黙した。皿は鎖と同じ、黒々とした鉄でできていたが、よく見ると、皿ではなく籠のように細かに編まれている。

「うおお、すげえ！　たいした仕掛けだな。こっちに乗ればいいのか？」

「さよう。皿の真ん中に、腰を下ろすのだぞ」

「おれが乗ったら、この皿がまた高く浮き上がるのか？」

白翁にうなずかれ、トサは左の皿に足をかける。

「おい、待て、トサ！　迂闊に従うてはいかん。何が起こるか、わからぬのだぞ！」

「乗ってみるくれえ、構わねえだろ。上からなら眺めも良さそうだ」

　トサにとっては、天守（てんしゅ）に上るような物珍しさが勝るようだ。自ら皿に乗り、真ん中辺りまで走っていく。

「わしは乗らん！　乗らんぞ！　こら、やめろ！　乗らんと言うたであろうが」

「主の姿では、抗いようもなかろう」

　精一杯抗ったが、黒翁に抱（かか）えられ、右の皿の真ん中に据えられる。

「わしはともかく、トサに害はなかろうな？　あの子の無事だけは、約してもらわねば」

「決めるのは我らではない、お主ぞ」

「……わしが？　どういうことか」

「直（じき）にわかる。どのみち波賀理を使わねば、主も連れも、この波賀理の国から出られぬ」

「出る？　トサは無論だが、わしも出ることが叶うのか？　他の御首と同じに、波賀理の柱として留（とど）まる道しかないのでは？」

「すべては御首、主しだいぞ」

　言い置いて、黒翁の姿は皿の上をすべるように遠ざかる。皿を下りると、白黒の翁は並び立ち、支柱に向かって片手を上げた。それが合図であったのか、鐘の音が響きわたる。

オオオオンンンン――――。オオオオンンンン――――。

音は支柱からきこえ、波賀理のどこにも鐘なぞついていない。

「鐘ではなく、首の呻きであったのか……」

青白い首は、目を閉じ口も閉ざしたままだが、声は違いなく、螺旋に連なった御首の柱から響いてくる。地を這うように重く、悲しげな声だった。

トサも急に怖くなったのか、心細げな顔をオビトに向ける。かなり遠かったが、辛うじて表情は読める。声を張って励ましたが、首の鐘に邪魔されて届かない。

皿を支える鎖が、ゆっくりと巻き上げられ、オビトとトサが乗る皿は地面を離れ、高く上がってゆく。

オオオオンンンン――――。オオオオンンンン――――。

くり返し響く首の鐘が、何かを呼び覚ます。心の奥の奥、いちばん深い水底に、固く封印されていた記憶が、鐘の響きに呼応するように鳴動する。

隙間から墨が立ち上るように、ゆっくりと少しずつ湧き出てきて、やがてひとつの像を結ぶ。

縛られて地面に膝をつく五太と、その首筋に、まさに大刀を落とさんとする金剛たる自身。先刻、トサと激しく諍いながら、浮かんだ景色と同じものだ。

五太がふいにふり返り、金剛に顔を向ける。しかしその目は、首斬人を見ていない。

あっ！　と思わず声が出た。

「思い出した……わしが何を願ったか。あの刹那、何を乞い求めたか……」

強い希求は胸に収まりきらず、オビトの両目から滂沱としてあふれ出た。


鷹の仇を討った――。それ以外、五太は何も語らなかった。

生まれはおろか、来し方もわからない。親兄弟もおらず、子供の身で流れ者の狩人とは尋常ではないが、村の者たちもそれ以上は知らなかった。

子供とはいえ、若殿を手にかけた下手人だ。拷問とはいかずとも、かなり手酷い折檻も加えたが、五太は強情に口を閉ざし、また弱音も吐かなかった。

はじめはただ、怒りに囚われていたが、金剛がどんなに憤りをぶつけても、あるいは他の者が優しく諭しても、ただの一筋も通じない。野生の獣のように表情がなく、ただ昏い目を見開いている。

「薄気味の悪い。こやつには人の心なぞ、すでにないのでは。異界の者でも相手にしているように、こちらの言葉がまるで通じぬ」

「別に良いではないか。どのみち、あと数日の命だ。殿より達しがあれば、直ちに斬首と相なろう。むしろ村への仕置きがどうなるか、そちらの方が案じられる」

　家来たちは声高に語り、また声を潜めた内緒話も、不思議と当人の耳まで届くものだ。

「いや、村どころではない。なにせ目の前で、むざむざ若殿を死なせたのだ。金剛さまとて無事では済まぬやもしれぬぞ」

「殿の逆鱗に触れれば、和茅六人衆ですら容赦はしまい。金剛さまのお命も、いよいよ風前の灯火か、お気の毒に」

　たったひとつの生きる因だった、志光を失ったのだ。いまさら自身の命など、惜しくも何ともない。

　若を手にかけた下手人を、己の手で斬首した後、その場で自らの命を絶つ。主君の岳光には、すでにその旨を文で言上していた。修羅のごとき人生には、ふさわしい幕切れだ。

　生きる当てを失った、この空虚は。目にするすべてが灰色に映る、この絶望は。たとえ腹心ですらわかるまい。皮肉なことに、少年の昏い瞳を覗き込むたびに、己の気持ちがそのまま映っているように、金剛には感じられた。

しかしほどなく、岳光から命が下った。下手人の少年はもとより、村の顔役以下、十数人を斬首。その後、村人をすべて村から払えとの達しであった。

一方で、金剛の自害は許されなかった。刑を終えた後、直ちに主君の許に戻るようにとの上意であった。

滅多にない温情だと、配下の家来たちは喜び合ったが、思いやりなぞではないと金剛は知っていた。若殿の披露目旅をしているあいだに、隣国との戦の火種が、ふいに火を噴いたのだ。睨み合いをしていた国境で、小競り合いが勃発し、和茅の砦が落とされた。岳光は直ちに反撃の狼煙を上げ、戦仕度を進めていた。

和茅獄の羅刹と、恐れられる金剛だ。大事な戦の折に、手放すつもりなぞさらさらない。

それどころか、嫡男の死にさいしても、当地に駆けつけることすらしない。遺骸は和茅の館に運び、懇ろに弔うが、それは和茅六人衆の仕事ではない。館で戦仕度を整えしだい、岳光率いる本隊を追うようにとの命だった。

「己が命すら、ままならぬ。わしもおまえと、何ら変わらんな」

明日が処刑だと、金剛自らが告げにいったが、やはり五太は顔色ひとつ変えなかった。泣くやら喚(わめ)くやら命乞いをするやら、悲嘆に暮れる村人たちとは、やはり違う生き物に見える。

「どうしておまえが、志光さまを射(い)たのか、その理由(わけ)を知り得なかったことだけが心残りだがな」

「言ったろ、仇討ちだと」

「そうではない。一羽の鷹のために、躊躇いなく人を殺める。おまえがいかにして、さように恐ろしき業(ごう)を負ったのか。知りたいと思うてな」

「知ったところで、若殿は生き返らねえぞ」

「わけがわからねば、若殿の死を収めることもできぬのだ。若殿は、何も悪いことはしておらぬ。なのにどうして死なねばならぬのか、天罰ならわしに当てればよかろう、なのにどうして志光さまを……」

どうして――どうして――どうして――。くり返しくり返し、同じ思いが波のように打ち寄せて、心が鎮まることはない。

茫漠(ぼうばく)たる灰色の海をながめ、黒い波に足を洗われながら、ただ立ち尽くす。

明日、この少年の首を刎(は)ねれば、憎しみすら行き場を失くす。

せめて志光の死に、意味を見出したい。納得できる理由を得たい。生まれもった酷さ故か、生い立ちの憐れか、冷たき世情か。何でもいい、収めどころを見つけたかった。

「何をいまさら。誰だって無体に殺される。――のようにな」

終いのところは、低い呟きできこえなかったが、いまならわかる。おそらくは、封郎と言ったのだ。同時にそれは、生まれ変わりと信じたおふうでもある。

本当にいまさらだ。会話の成り立たぬ相手といくら語ったところで、ますますやるせなさが募るだけだ。疲れきった足取りで、金剛は牢を出た。

明朝、日の出前に、五太を含む十数人の罪人は、土壇場に引き出された。

刀を手にした金剛の前に、最初に据えられたのは五太だった。

刑場には垣が廻らされていたが、その周囲には村人たちが群れている。

てめえのせいだ、疫病神！　あんたのせいで父ちゃんまで！　首を斬っても収まらねえ！　死んじまえ！　死んで地獄に落ちろ！

小さな身に、理不尽なまでの罵詈雑言を浴びる。それでもやはり、五太は無表情のままで、まるできこえていないかのように、昏い瞳を宙に据えていた。

「言い遺すことはないか」

問うても、かすかに首を左右にふる。何故だか金剛の方が、いたたまれなくなった。

村のためとの建前をかざしながら、いわば欲に目が眩み、子供から鷹を奪ったのは村の者たちだ。その理不尽から目を逸らし、罪を余所者になすりつける。

虐げられてきた者たちが、さらに弱い者を責め苛む。

世のひとつの真理であり、酷い現実でもあった。

まのあたりにして、芯まで萎えるようだ。すでに怒りや悲しみすら尽きている。

こんな世に、生きていることが厭わしい。金剛は、心の底から死を願った。深い厭世と虚無に支配され、志光のいない現世には何の未練もない。

いますぐこの世から、消えてなくなりたい。塵ひとつ残さず、存在を消してしまいたい。

のろのろと刀をふり上げながら、詮無きことを念じていた。

五太がふいに顔を上げ、ふり向いたのは、そのときだった。

山の端から昇ったばかりの朝日が、その顔を照らす。金剛は思わず目を見張った。

一筋の光すら差さなかった瞳が、きらきらと輝いている。

朝日のためばかりではない。その目は金剛を素通りし、空の彼方に向けられている。

キィヨ、キィヨ、キィヨ――。

頭上から、甲高い鳴き声が降ってきて、声の主の姿が金剛にも捉えられた。

大きな翼を広げた、鷹であった。

鳶のように、ヒョロロロと後を引かず、金物を引っ掻いたように存外耳障りな声だが、はるか高い空から降ってくると、雄々しい姿と相まって、自由を謳う音色にも思える。

鷹の姿を追って、五太は首の向きを変え、金剛に横顔をさらす。鷹を見詰める眼差しには憧れが宿り、口許はうっすらと微笑んでいる。

無垢なその表情は、獣でも邪でもない。あたりまえの子供の顔だった。

ふり上げた刀が、急に鉛のように重くなる。この子をいま、殺してはいけない。少なくとも、いま死なせるべきではない。――志光さまのためにも。

混乱して、話に脈絡がない。ただ志光のために、この子を生かしたい。強い思いだけが喉元から頭の天辺を貫いて、刀をふり上げたまま微動だにできない。

そして急に、霧が立ち込めた。朝日に遠慮するように、二十六日の月が西の空に薄く弧を描いている。目の端で月を捉えたとき、霧の中から現れたのは、消去の鬼であった。

「わしを呼んだのは、おまえたちか」

濃い霧にさえぎられ目鼻は見えないが、朱の唇がにんまりと笑う。

「呼んだ？　何のことだ？」

「この世から消え去りたいと、念じたろうが。その願い、きき届けるぞ」

女の姿を象（かたど）ってはいるが、この世の者ではなく、また神にも見えない。己の妄念（もうねん）が、物（もの）の怪（け）を呼び寄せたのか。冷たい汗が背筋を伝い、何か応（こた）えんとしても声が出ない。

しかし金剛の代わりに、別の声が応じた。

「念じたのはおれだ。おれを連れていけ」

すっくと立ち上がったのは、五太だった。縛られていたはずの縄がない。気づけば金剛がふり上げていた刀も、手から消え失せていた。

「あいつが生きろと言ったから、いままで生きた。でもおれは、この世に要（い）らない者だ。人に疎まれ、憎まれ、爪弾（つまはじ）きにされるだけ。つくづく愛想（あいそ）が尽きた。もう、おふうもいねえから、この世に用はねえ」

五太の唇は動いていない。すらすらと語る声は、耳ではなく頭に届く。

開いた溝が、どうにも埋まらない。いくら言葉を尽くしても、わかり合えない。そう思えていた五太が、実は己とまったく同じ望みを念じていた。金剛は愕然（がくぜん）とした。

「殺されるのも悪くねえと、大人しく捕まったが、地獄へ行くのは嫌なんだ。地獄には、会いたくねえ奴がいるからな」

五太はわざと、捕まったのか――。猿(ましら)のように身軽で、山に入れば誰も追うことは叶わぬと、村人からきいていた。大がかりな山狩りを行ったとはいえ、案外あっさりと見つかったのは、五太に逃げる気がなかったからだ。

「おれはきっと、死んだ後も憎まれる。でも、そいつはどうでもいい。おれと一緒に、封郎やおふうが悪者にされるのはたまらねえんだ！」

罪人の首は、獄屋の門に晒される。故に獄門という。おそらく村の者たちは、五太の首に唾(つば)を吐きかけ、足蹴にするだろう。村に仇(あだ)をなした禍(わざわい)として、五太と金の羽をもつ鷹は悪名(あくみょう)を残す。やはり金剛も、同じ心痛を抱(かか)えていた。己の悪名に、志光までが汚されるのは耐えられない。

「だから、おれのこれまでもこれからも、すべて消してもらいてえ」

「そうだ。わしのこれまでもこれからも、すべてなかったことに」

互いの思いが、見事に重なった。赤く長い舌が、べろりと舌なめずりをする。

「くくく、面白いのう。立場を違える者が、同じ場で同じ望みを念ずるとは。人の世とは、何と皮肉なものか。我らには愉(たの)しゅうてならぬわ」

赤い唇が、耳まで裂けそうなほどに横に広がる。

金剛の胸から、黒い靄のようなものが出て、大きく開かれた赤い口へと吸い込まれる。見れば五太の胸からも、やはり同じ黒い靄がただよい、異形の者が呑み込んでゆく。

これでいい。これで和茅獄の羅刹も、犯した非道の数々も、己のからだごと消え失せる。

金剛は半ば陶然とした。ずっと己を苛んできた、忘れたいと願っていた悪行の数々が、まさに霧のように消えていく。

——少しは曲がりを覚えれば良いものを、不器用な奴だな

ふいに、弾けるような笑顔の志光が浮かんだ。あれは、そうだ、まだ甲喜若であった頃だ。配下の家来すら恐れていた金剛に、あんな無邪気な笑みを向けたのは、甲喜若だけだった。

「駄目だ……これは駄目だ！　若のことだけは忘れとうない、忘れてはいかんのだ！」

赤い口許が、不快そうに歪められた。ぺっと唾のように、何かを吐き出す。

「余計なことを考えおって。えぐみが強くてかなわぬわ」

苦い腸でも含んだように、文句を垂れた。

「言うておくが、もう遅い。過去世とは、密に織られた布のようなもの。良きことも悪しきことも、綾をなして絡まっておる。気に入りの端切れを残したとて、意をなさぬぞ」

「それでも頼む！　若だけはどうか、わしから奪わんでくれ！」

「かようにまずいものを、これ以上食わされてはたまらぬわ。わしの方こそお断りだ」

　不興を露わにし、雪のように白い甲で口許を拭う。気づけば五太は、魂を抜かれたように、その場にぼんやりと突っ立っていた。

「この子の過去世は、すべて食ろうたのか？」

「おまえに邪魔された故、半端になってしもうたわ。なにせこの童子は、おまえとの因果がことさらに強いからな」

「わしと、この子が……？」

「慕うも憎むも、同じ情。慕う表が裏に返れば、憎しみとなる。むしろ憎む方が、情としてはよほど強かろう」

「よくわからぬ、わからぬが……わしはまだ、この子にききたいことがある。どうして若を殺めたのか、かように年端のいかぬ者が、いかにして酷き所業に手を染めたのか」

「さような物思いが、余計だと言うておる。おまえたちはすでに、この消去の国に足を踏み入れた。もとの世に帰ることは叶わず、わしの国にも連れてはいけぬ。煩悩を捨てぬかぎり、おまえたちはどこにも行き着けぬぞ」

魑魅のごとく、この霧の中を彷徨うだけだと、忌々し気に吐き捨てた。

そのとき、重い鐘の音が、霧を鳴らすように響きわたった。

オオオオンンンン――。オオオオンンンン――。

鬼女にとっても慮外であったのだろう。ちっと小さく舌打ちした。

「御首めら、邪魔立てしおって……まあよい、どうせえぐみが抜けねば食えぬからな」

「何だ、あの鐘の音は？　わしらはどうなるのだ？」

「主は御首にえらばれたのよ。修羅にまみれ、望みは絶えた。それでもこの瀬戸際でもがいておる。その無様こそが、御首の器たる由であるからの」

「おんくび？　おんくびとは何だ？」

「いわば、怨みの成れの果てよ。繋がれた宿怨によって、主にとっての禍を、波賀理の国へと伴う者。それが御首ぞ」

「禍……？　この童子のことか？」

「ここで問うたところで無駄なこと。一切を忘れてしまうからな。わしも去ぬとしよう。あの声は、耳に障るからの」

「おい、待て！　置いていくな、わしらはどうすれば……」

鬼女はくるりと向きを変え、霧の中を音もなく遠ざかる。残された金剛は、途方に暮れた。

「仕方ない、鐘の音を頼りに、この霧を抜けねば。おい童、しっかりしろ！　わしとともにここを抜けるのだ」

肩に手をかけ、強く揺さぶった。細いからだがぐらりと傾いて、後ろに倒れそうになる。慌てて支えようとしたが、あるはずの腕がない。

「なん、だ……？　どうして、わしの腕が……」

何が起こったのか、金剛にはわからなかった。腕ばかりか、胴も脚も失せて、生首となった頭が、気を失った少年のからだとともに落ちてゆく。

オオオオンンン――――。オオオオンンンン――――。

呼ぶように祈るように、鐘の音だけが重く響いていた。

「そうか、わしはあのとき願うたのだ。若の笑顔を、忘れとうないと」

皿の上で、オビトは我に返った。まるで長い夢でも見ていたようだ。

五太との諍いも土壇場のようすも、消去の鬼とのやりとりも、すべて思い出した。

――わしが食ろうても、過去世が消えるわけではない。この霧のように、姿が見えなくなるだけよ
消去の鬼はそう語り、波賀理を使えば思い出すとも言った。同時に、もうひとつの願いも、頭によみがえった。

「わしはただ、五太のことが知りたかった。五太をひもといて、相応の理や由を見出さねば、若の死を受け入れられなんだ」

トサと旅をして、オビトはようやくその解を得た。五太であった頃の、不幸な生い立ちにも察するところはあったが、それだけではない。

過去をとり去ったトサは、生意気で闊達な童子に過ぎなかった。悪童の類には入ろうが、存外寂しがりで、子供らしい健気もそなえている。

高波から守ろうと、オビトと赤子を抱えて懸命に走り、急な病に倒れた少女を救わんとして、三日分の道程を半日で駆け戻った。

人の欲には、三つの段がある。まず我があり、次いで身内や郷のため。ここまではいわば、あたりまえの欲であり、尊いとされるのは、さらに上に高じた欲だ。すなわち他者のため。旅人や行きずりの難儀を見過ごせず、弱き者に手を差し伸べる。世の困窮を嘆き、遠地に思いを馳せる。他者を慮る欲こそが、最上に値する。

トサにはその気概があった。まだ小さな芽に過ぎないが、育てば大樹となり得る。

だからこそいっそう、悔しくてならない。

志光は金剛の、掌中の玉であった。御身を守り、育て導き、誰よりも慈しんだ。

いまやトサは、オビトにとって同じ存在となっていた。

息子のように思えたトサが、大事な志光を奪った。

その因果が、切なくて情けなくて、ないはずのからだが身悶えする。

と、がくん、と首の下の皿が動いた。何が起きたのか咄嗟にはわからなかったが、すぐに事を察した。小さく見えていた、トサの姿が消えていた。天秤が、動いたのだ。

トサの乗る左の皿が下に傾き、オビトの側の皿が、そのぶん上にはね上がったのだ。

「やはり、許せぬか……まあ、仕方がない。因果は、容易には断ち切れぬからの」

皿の上にはいない翁の声が、間近で呟く。

「何のことだ、この波賀理は、いったいどうなっておる！」

見えぬ翁に向かって、精一杯怒鳴った。

「波賀理は因果を断ち得る、唯一無二の道具」

「自らの首を錘として、互いの義を量り、甲乙をつける。それこそが御首ぞ」

「義を、量る……？　因果を断つ、だと？」

義とは道理。物事の理にかなった、人がとるべき筋道だ。

「これが実に厄介でな。たとえ正義(しょうぎ)とて、ふりかざせば刀と同じ。容易く相手を傷つけ、命すら奪う」

「若君の命を奪ったこの童に、多少なりとも義はあるのか、主は見極めんとした。それこそが主の、いや御首の、まことの望みであろう？」

ふたりの翁の同じ声が、重なるようにいくつも響く。

「わしは、そんなつもりは……」

口では抗いながら、頭の冷めたところでは、すとんと腑(ふ)に落ちた。

義とは、心の芯であり核である。そして義の反対は、不義であり悪である。

何を是とし、何を悪とするか。その按配は人によって異なり、それこそが個を作る。

そして金剛が見出した正義こそ、志光だった。

自らの義を砕かれて、砕いた悪たる五太に、こたえを求めた。

った。

正義は志光と己にあり、悪たる五太は裁かれるべき非道の者と、決めつけたい――。綺麗事で覆っていたが、それこそが金剛であったオビトが、心から求めた決着であった。

がくん、とさらに大きく天秤棒は傾き、もはやオビトの乗る皿は、首が連なった支柱の天辺すら越えている。トサがいる左の皿は、地面に着いていてもおかしくない。

「翁殿！　波賀理はどのようにして、因果を断つのか？」

「御首が道連れとした禍が、地より下に落ちれば、裁きは決する」

「地より下？　まさか土にめり込むとでもいうのか」

「そうではない。よかろう、主にも見せてやろう」

見える景色が、急に変わった。首は皿に鎮座したまま、眼球だけが顔から抜けたように、トサの乗る皿を上から眺めている。皿の周囲を、漆黒の円が囲んでいる。皿の周りではない、地面に開いた大穴だった。トサは皿ごと、いまにも穴に吸い込まれそうだ。

「あれは……あの穴は？」

「『地獄へ繋がる口』、とでも言えば、主らにはわかりやすかろう」

「馬鹿な！　やめろ！　いますぐ波賀理を止めろ。トサを地獄になぞやるものか！」

「わしらには止められぬ。波賀理をあつかえるのは、御首だけであるからの」

「……何だと？」

——御首さまは『波賀理』をあつかえる唯一無二の者だと記されておりました
——御首は、禍を連れてくる
——すべては御首、主しだいぞ
伝承と噂と翁の助言が、襖絵のように嵌まり、一枚の絵と化す。

「わしの存念が……わしの恨みつらみが、トサを地獄に落とすというのか」

柱の脇に立っているふたりの翁が、深くうなずいた。

「ともに助くる方も、あるにはあるがな。まず無理であろうな」

「あれはまさに千のうちの一、稀事であるからの」

「なんだ？　教えてくれ！　トサが助かるなら、わしは何でもする！」

「波賀理の天秤が、見事に釣り合うたとき、ともにこの国より出ることが叶う」

「だがやはり、主には難しいようだの。これほどまでに傾いておるのだぞ」

釣り合うとは、互いの義か、はたまた悪事か？　若君を殺めた五太と、何百人も手にかけた金剛。悪業非道の数なら、己の方がはるかに多い。だが義であれば、金剛に軍配が上がるはずだ。何故なら金剛の義はすなわち、志光の義であるからだ。

消去の鬼の前で、志光の笑顔が浮かんだ。どうすれば、あの笑顔に報いることができるのか、曇りなく胸の内に留めることができるのか——求め、望み、願った。

「そうか……わしはトサを、許したかったのか……」

志光の輪郭が滲み、形を変える。小生意気なふくれ面が、弾けんばかりの笑顔になる。

「トサを許して、わしもトサに許されたかった……波賀理が釣り合うとは、そういうことか。それがわしの、願いであったのか」

上を見詰めるトサと、目が合った。口をきつく結んで堪えているが、いまにも泣き出しそうだ。たまらずオビトは、声を張った。

「波賀理よ、戻れ！　義においても罪においても、わしとトサに違いなぞない！　傾きを止めてくれ！」

とたんに、ぎぎぃと音を立てて、天秤がさらに傾いた。黒い水に浸かるように、トサの腰から下が黒い穴に呑まれた。

「戻れ、戻れ、戻れ！　戻れと言うとろうが！　何故、言うことをきかん。この波賀理は壊れているぞ」

喚きちらしたが、天秤は動きを止めない。黒い水は腹まで達し、もうすぐ胸に届く。

狂ったように、許すと叫び続けた。

「言葉なぞ、波賀理には何の意もなさぬ。心の奥底に沈む深き存念を、波賀理は違わず量るのだ」

オビトの目から、涙が噴きこぼれた。己が心は、これほどまでに弱かったのか。消去の鬼に抗った気概も、御首と化した僥倖も、ともに旅した月日も、すべては無駄であったのか。己が狭量が、トサを地獄に落とすのか――。

「また波賀理の首が、ひとつ増えそうだの。怨とは、まことにしぶとき情よ」

「仕方なかろう。道連れとした禍を地獄に落とさば、御首もまた、波賀理の国に永劫閉じ込められる。それが掟であるからな」

下で見守る、ふたりの翁の交わす声が耳に届いた。支柱を形作る数多の首は、怨嗟に負けた者たちのなれの果てか。

トサはすでに喉元まで闇に沈み、まるで黒い水にトサの首が浮かんでいるようだ。

不安と恐怖にこわばっていた輪郭が、ふいに様相を変えた。

「いいんだ、おっさん、もういいんだ」

トサは、笑っていた。目の前にオビトの顔があるように、こちらに笑いかけていた。

「それだけのことを、おれはしたんだ。地獄に行くのも仕方がねえ。ただ、詫びだけはさせてくれ」

　言葉をかけたいのに、涙やら鼻水やらが喉に詰まって声にならない。

「若殿を殺めて、すまなかった。オビトと若殿は、おれとおふうみてえに、かけがえのない相手だったんだな。なのにおれが、奪っちまった」

　まるで天気雨のように、トサもまた、笑いながら泣いていた。

「初めに殺した奴だって、封郎や仲間の仇だと、ちっとも悔いちゃいなかった。てめえの義を通したつもりでいた。でも本当は、母ちゃんを奪われて、頭に血が上ったんだ」

　わかる、わかるぞ、とオビトは胸の裡で相槌を打った。

「あいつだって、村が良かったときは、人並みにいい奴だった。子供や年寄りに無体を働く真似なぞしなかった。きっと村のために、汚れ役を引き受けたんだ」

　死の間際になって、初めて人は生を知る。己が無残に奪った生を、悔いる情がわく。

　トサもまた、同じ心境なのか。だが、すべては遅すぎた。

　穴の縁が顎に達し、水面で口をぱくぱくさせる魚のように、懸命にオビトに語る。

「オビト、ありがとうな。おっさんとの旅は、楽しかった。喧嘩ばっかりしてたけど、だからこそ楽しかった。おれをまともに相手してくれたのは、オビトだけだった」

ついに口が穴の闇の下に沈んだ。トサの声が途切れ、それでも泣き笑いの目だけが、微笑むように細められる。

駄目だ――。ここでトサを見放せば、その悔いは、今度はオビトを責め苛む。首塚のごとき支柱は、狭き己を嘆く者たちの墓場であったのだ。安息は訪れず、死ぬことすらかなわず、永遠に後悔から抜けられない。無間地獄に等しい、酷き墓だ。

こんな墓に留まるものか。トサを地獄になぞ、落としてなるものか。

オビトは約束した。ともに都に行こうと、この先も旅を続けようと、トサと約束した。

波賀理なぞという馬鹿げた道具に、先を決められてなるものか。ふたりでこの国を抜けるのだ。ふたりで道を拓くのだ。トサはすでに、そのための仕度を整えた。

己がなした罪と向き合い、心からの詫びを告げた。

件の経緯でも、下手人の生い立ちでもない。オビトが求めていたのは、ただそれだけだった。オビトも早々に、追いつかねば。大きく息を吸い、声とともに一気に吐いた。

「トサ、戻れっ！　戻れえええ、トサああああ！」

発した大声は、オン、とこだまして、波賀理の鎖が身じろぎするように震えた。

声に圧されたように、御首の嘆きたる鐘の音がぴたりとやみ、しんと静まり返る。

「ほお、これは、珍しきかな。千にひとつの運を開いたか」

「空を拝むのも久方ぶりぞ。いや、重畳、重畳」

霧が遠のくように晴れてゆき、頭上に青い空が広がる。白黒の翁は、有難そうに晴れ間を仰いでいるが、オビトはそれすら気づかず、翁たちにがなり立てる。

「トサは無事か、大事ないか。わしを早う下まで運べ、この目で確かめねば」

「やかましいのう、童子なら下におる。気を失うてはおるが、じきに目を覚ますわ」

「いま下ろしてやるから、少し待て。まったくうるさい御首だの」

ふたりの翁のぼやく声とともに、天秤棒が軋みながら逆に傾き、オビトの乗る皿が下へと運ばれる。皿が地面に着くと、黒翁がオビトを抱え、白翁のもとに行く。

トサは白翁の腕の中で、ぐったりと目を閉じていた。

「起こすのは、この国を出てからでもよかろう。恐ろしき目に遭うて、童子とて精根が尽きておろうからな」

「主らは旅を続けるのだろう。国を出るまでは、わしらが送ってやろう」

白翁の手が、トサの頭に載せられた。次いで黒翁の手が、オビトの目を隠すようにかざされる。とたんに睡魔に襲われて、前後不覚に眠り込んだ。

ふたりが目を覚ましたのは、明るい森の中だった。

「この森を抜けると、都に着くのか？」

布にくるんだオビトを肩に担ぎ、トサは弾んだ声をあげる。

「どうであろう。なにせ街道と違うて、道なき道を行くからの。どこに出るかは、心許ないわ」

「まあ、少しくらい逸れていても構やしねえ。洛陽が旅の終わりじゃねえからな。おれたちはずうっと、旅を続けるんだろ？」

トサの物言いが、心にかかった。トサが布の隙間を上手に作ってくれたから、その背中側の景色がよく見える。薄赤い実をつけた、山法師の木に日を留める。

「あの枝ぶり、実のつきようは、前にもたしかに……」

「おっさん、何か言ったか？」

「いや、何でもない。都に着いたら、何を食おうかと思うてな」

「食う甲斐もねえくせに、相変わらず食いしん坊だな。おれはやっぱり餅がいいな。けど餅を食うにも銭がねえと。おっさんには今度こそ、しっかり稼いでもらうからな」

都はおろか、この森から出ることすら、永遠に叶わないかもしれない。

気づいたオビトもまた、ほどなく真実を忘れてしまう。

ここはおそらく、独楽（こま）の国――。未来（さき）も過去もなく、同じ時をただくり返す。

――人の暮らしというものは、似たような毎日のくり返しで成り立っているからな。それこそが、幸いのひとつの形なのだ

独楽の国で、オビトはそう語った。この独楽の国は、オビトが望んだ果てであろうか。

それでもまだ、希（のぞみ）はある。あのときトサは、オビトに言った。

――おれは嫌だ。同じ日をくり返したところで何になる。飽いちまう方が、よほど怖いや

若いトサなら、いつかこの国から脱する道を、探し当てるかもしれない。

せめてそのときまで、ともに在り、ともに旅を続けよう。

ふたりを見送ってでもいるように、鷹の声が後を追ってきた。

（完）

初出誌「読楽」
第1話　独楽の国　二〇二〇年七月号
第2話　波烏の国　二〇二〇年十月号
第3話　碧青の国　二〇二一年一月号
第4話　雪意の国　二〇二一年四月号
第5話　消去の国　二〇二一年七月号
第6話　和茅国　二〇二一年十月号
第7話　波賀理の国　前　二〇二二年一月号
　　　　波賀理の国　後　二〇二二年二月号

単行本（徳間書店刊）　二〇二二年九月

この作品はフィクションであり実在の個人・団体などとは一切関係がありません。

徳間文庫

首取物語（くびとりものがたり）

2024年10月15日 初刷
2024年11月25日 3刷

著者 西條奈加（さいじょうなか）
発行者 小宮英行
発行所 株式会社徳間書店
東京都品川区上大崎三-一-一 〒141-8202
目黒セントラルスクエア
電話 編集〇三(五四〇三)四三四九
販売〇四九(二九三)五五二一
振替 〇〇一四〇-〇-四四三九二
印刷 中央精版印刷株式会社
製本

ISBN978-4-19-894971-6 (乱丁、落丁本はお取りかえいたします)

徳間文庫の好評既刊

小路幸也

猫ヲ捜ス夢

蘆野原偲郷

　古より蘆野原の郷の者は、人に災いを為す様々な厄を祓うことが出来る力を持っていた。しかし、大きな戦争が起きたとき、郷は入口を閉ざしてしまう。蘆野原の長筋である正也には、亡くなった母と同じように、事が起こると猫になってしまう姉がいたが、戦争の最中に行方不明になっていた。彼は幼馴染みの知水とその母親とともに暮らしながら、姉と郷の入口を捜していた。